婚約破棄されるまで一週間、
未来を変える為に
海に飛び込んでみようと思います

Characters
ドウェイン・ドレ・ガイナ
第二王子。
毒魔法の使い手。
パトリックに蔑ろにされ続ける
マデリーンを
ずっと気にかけていた。
マデリーン・ウォルリナ
公爵令嬢。
水魔法と氷魔法の使い手。
「ある約束」を果たすため、
婚約者に尽くし続けていた。
そんなある日、不思議な
日記を見つけて……

ローズマリー・シーア
侯爵令嬢。花魔法の使い手。
マデリーンを差し置き
パトリックの恋人として
振る舞っている。
パトリック・ドレ・ガイナ
第一王子。炎魔法の使い手。
マデリーンの婚約者だが、
ローズマリーとばかり過ごしている。
マデリーンの
初恋の相手
マデリーンが
幼い頃に出会い、
約束を交わした少年。
髪と瞳の色が
パトリックと同じである。
ラフル・ウォルリナ
公爵令息。
マデリーンの兄。
多忙な両親に代わり妹を
見守ってきた。
現在は騎士団に所属。

目次

【第一章　婚約破棄まで一週間】

ガイナ王国、公爵邸。とある夜、悲痛な叫びが令嬢の部屋に響く。

「パトリック殿下はどうしてわかってくださらないのかしら。それにあの女の態度、本当に許せないわ……！」

「マデリーンお嬢様、落ち着いてくださいませ」

「――わたくしに触らないで！」

侍女が伸ばした手は弾かれる。

パチンと痛々しい音が鳴るが、今の彼女……マデリーンにそれを気遣う余裕はなかった。

「どうして……っ、わたくしが何を間違えたというの⁉」

「……マデリーンお嬢様」

マデリーン・ウォルリナはガイナ王国の三大公爵の一つ、水の公爵と呼ばれるウォルリナ公爵家に生まれた公爵令嬢だ。

この国の貴族たちは脈々と受け継がれる血筋によって魔法を使うことができた。

魔法の力の強さは研鑽によって成長するが、魔法の種類自体は生まれた時から定まっている。

稀に平民の中からも魔法を使える者が現れては、子どもに継がれるどころか本人すら一生使いこなせることはないため、

『誰でも魔法が使えるようになる道具や書物を生み出している魔女がいる』

『魔女の生み出したものによって得た魔法は、魔女の気まぐれで取り上げられてしまう』

という噂がまことしやかに語られているが、実際は、貴族との間の不義の子やその子孫が魔法を使えるようになり、ろくな鍛錬を積まないために消えてしまった、というのが通説となっている。

したがって、この国で魔法を使いこなせるということは、貴族の血を引き、たゆまぬ努力を積んできたという何よりもの証拠だ。

爵位や後継者選びに大きな影響を及ぼすほどに絶対的なものである。

特に、その属性で一番強い力を持っている貴族の令嬢には〝～の乙女〟という称号が王家から与えられる。それを賜ると多少の爵位の垣根を越えて婚姻の縁を結ぶことができるため、貴族の令嬢たちは幼い頃から魔力を高めるために懸命に努力していた。

マデリーンとて例外ではなく、その努力を誰よりも知っている古参の侍女が目元を押さえる。

「お嬢様は〝水の乙女〟であり〝氷の乙女〟でもあるというのに……おいたわしい」

ウォルリナ公爵家は、水の公爵の名が示す通り、水魔法を得意とする者が多い。マデリーンはその先祖代々の水魔法に加え、氷魔法の適性も持っていた。

そして、この国の第一王子であるパトリック・ドレ・ガイナの婚約者でもあった。

王家の人間は、数少ない例外を除いて、鮮やかなオレンジ色の髪と金色の瞳を持ち、炎魔法を使

い、その強い力でガイナ王国をまとめ上げている。

パトリックもそうなるのだろうと思い、未来の王妃になるため、マデリーンは血の滲むような努力をして自分を高めてきた。

『今はわたくしを見てくださらなくても、パトリック殿下は必ずわたくしの気持ちに気付いてくださる……だって、「あの約束」を覚えていてくださったんだもの』

それがマデリーンの口癖だった。

しかし、成長するにつれ、パトリックとの心の距離はどんどんと開いていくばかり。

彼に立派な国王になって欲しいという思いから意見しても『うるさい』と撥ね除けられてしまう。

不真面目な彼を見て、マデリーンの心は痛む。

(ドウェイン殿下は王位継承権から遠くとも懸命に励んでらっしゃるのに……)

王家の数少ない例外──それがこの国の第二王子でパトリックの弟、ドウェイン・ドレ・ガイナだ。

彼はガイナ王国でも初めてとなる毒魔法の使い手だった。

その人間しか使えない魔法を発現した者は当然優遇されるのだが、彼の場合は事情が複雑だった。

歴代の国王たちは、オレンジ色の髪と金色の瞳を持ち、炎魔法を操る。しかし彼の髪の色は黒で瞳の色は紫色、更に彼には炎魔法の適性はない。

王族の魔法属性と色を継げなかったことで、ドウェインは随分と肩身の狭い思いをしてきた。

しかし彼は挫けることなく、逆境を撥《は》ね除《の》けて、民の役に立つために動いている。

マデリーンはそんな彼を心から尊敬していたが、パトリックはドウェインを嫌っていた。

努力家で民のために動く弟を、王族らしからぬ見た目と毒魔法が役立たないというだけで馬鹿にしているのだ。

もっとも、王子たちの仲がよくないこと自体には致し方ない理由がある。

この国にはまだ、王太子がいない。

ガイナ王国では代々、特殊な方法で王太子を選んでいた。

長子が成人する年に、それまでの国民への貢献度を調査、更に三大公爵の票をより多く集めた者を王太子とする。

一見、長子が優位に見える制度だが、自分が有利だと思い込んだ長子が次子やその下の弟妹に未来の王位を持っていかれた前例はいくらでもある。

そのため、王子たちは幼い頃から三大公爵の子どもと婚約するなどして票を集め、国民のために何ができるかを考えて動き回る。

ここでも当然、魔力の強さは大きく影響するため、魔法の腕を磨くことも必須だ。

そうして競い合う結果、険悪な仲になるというのなら、マデリーンとしても心を痛めはするが納得もする。

しかしパトリックは最初から自分が国王となると信じて疑わないようだった。

ドウェインが毒魔法の適性だけを持って生まれた時点で答えは決まっているから、と言うのだ。

マデリーンが歴代の王位争いを根拠にそんなことはまったく関係ないと進言したところで、パトリックは聞く耳を持たない。

成長と共にどんどんと傲慢になっていくパトリックが国王になる未来が、まったく見えなかった。

それでもマデリーンがドウェインではなくパトリックのそばにいるのには理由があった。

それは幼い頃に交わした約束があったからだ。

『今よりも強くなって、あなたに相応しい男になれたら僕と結婚してください。僕が必ず君を幸せにするから……！』

もう前後の記憶も曖昧な思い出ではあるが、約束の言葉と、オレンジ色の髪が海風で揺れ、涙で濡れた金色の瞳がマデリーンをまっすぐに見つめていたことは覚えている。

その告白を思い返すたびに心が熱くなるのだ。

その約束から数年後、パトリックに『結婚して欲しい』と言われたマデリーンは天にも昇る気分だった。幼い頃に交わした約束を覚えていてくれたからだ。

この人がわたくしの運命の人だ、この人しかいないと思った。

だからこそ、彼が成長して心を入れ替えてくれるまで支え続けなければと思う反面、このままでは幸せになれないと、マデリーンはわかっている。

婚約さえしてしまえば用済みと言わんばかりにパトリックは冷たくなった。

彼から愛のある言葉など、一度も言われたことはない。

幼い頃の温かい記憶は蝋燭の火のように弱まっていき、ついには消えてしまいそうだった。

幼い約束に縛られているのはよくないと自分でもわかっている。

聞く耳を持たないパトリックが、もうあの時の約束を覚えている様子はない。

それでも『強くなる』『幸せにする』と言ってくれたパトリックを信じようと決めたのは、今までの自分の気持ちを無碍にしたくなかったからかもしれない。

いつかはきっと……そんな気持ちで誤魔化し続けていた。

彼を信じて我慢し続けたマデリーンが、悲痛な叫びをあげるほどに追いつめられたのは、ある令嬢が現れたことによる大きな変化がきっかけだ。

ローズマリー・シーア。

シーア侯爵が孤児院から迎え入れた養女である彼女は、花を生み出せる特殊な魔法を使った。彼女しか使えない珍しい魔法である上に、そもそも平民が魔力を持って生まれてくることが滅多にないことである。近く〝花の乙女〟の称号を賜る予定だそうだ。

パトリックは今、ローズマリーに夢中だった。

マデリーンという婚約者がいながら、彼女のことしか頭にない。ローズマリーはパトリックの心を、いとも簡単に奪い取ってしまう。

ローズマリーは同性から見ても、とても可愛らしい少女だった。

陽だまりのような眩しい笑顔に桃色の髪と緑色の瞳は本当に花のように美しいと思った。

天真爛漫で無邪気な性格。温かみのある笑顔を振りまく彼女は男性の目を惹きつけるのだろう。

（わたくしとは正反対ね……）

パトリックは今やマデリーンの前でも堂々と彼女に惜しみなく愛を注いでいる。

そのたびに降り注ぐ周囲からの憐れみの視線は、マデリーンにとって耐え難いものだ。

余裕を持って毅然とした態度で振る舞うものの、心は不安で押しつぶされてしまいそうだった。

何とかパトリックに考え直してもらおうと必死に訴えるが、彼は相変わらず聞く耳を持たない。

ローズマリーを守りながらマデリーンを敵として責め立てる。

咎めれば咎めるほど、指摘すればするほど、マデリーンを悪役として盛り上がっていく。

二人の気持ちを止める術はない。


学園の卒業パーティーまで一週間と迫った今日。

ついにパトリックから『卒業パーティーには一緒に出席できない』と言われてしまった。

嬉しそうに寄り添う二人の背中を見ながら、伸ばす手が力なく落ちていった時の虚しさが忘れられない。

そして今、自室で泣き叫ぶマデリーンの心の中は、悲しみと憎しみに支配されていた。

パトリックのために完璧でいようとした。

ウォルリナ公爵家の者として、乙女の称号を賜った者として、常に民の模範になれるよう行動していた。多くのものを得てはいたが、少しのミスも許されないというプレッシャーとプライドに、一人で押し潰されそうだった。

それもすべて、パトリックと二人で幸せになるためだったのに……。

普段のマデリーンであればここまで声を荒らげることなどなかったが、パトリックとローズマリーのことを考えると感情が溢れ出して止まらなかった。

しばらくして、激情がいくらか落ち着いたマデリーンは、震える手を握り込んだ後、なけなしの理性を掻き集めて、大きく息を吸い込んだ。

「あなたたち……本当に、ごめんなさい。怪我はないかしら？」

「マデリーンお嬢様、私たちは大丈夫ですわ」

「……わたくしもまだまだね。こんなことで取り乱して、わたくしらしくないわ」

「マデリーンお嬢様、私たちは皆、マデリーンお嬢様の味方です！」

「そうです。悪いのはパトリック殿下とあの女ですわ……！」

とんだ失態を見せたというのに、侍女たちは心配そうにマデリーンに寄り添ってくれる。

「旦那様や奥様に一度相談なさってください！」

「そうなさるべきですわ。国王陛下や王妃陛下だってマデリーン様の味方をしてくださるはずです……！」

必死に訴えかけてくる侍女たちを見て、マデリーンは大きく首を横に振る。

「………ダメよ」

「ですが、マデリーンお嬢様……！」

「お忙しいお父様やお母様、国王陛下や王妃陛下に迷惑をかけたらいけないもの。自分でなんとかするわ。今日は下がって休んで」

「ですが……！」

「本当にごめんなさい。今は一人にしてちょうだい」

マデリーンは無理やり笑顔を作った。

「……かしこまりました」

「マデリーンお嬢様、無理をなさらないでくださいね」

そう言うと侍女たちは、心配そうに部屋から出て行った。

マデリーンは再度溢れそうになった涙を隠すように上を向く。

それから額に手を当てた後、大きなため息を吐いた。

（こんなふうに彼女たちに八つ当たりしてしまうなんて恥ずかしいわ。淑女として失格ね）

扉が閉まったことを確認してから、マデリーンはもう一度ため息を吐いた。

鏡を見れば、今にも泣き出しそうな自分の姿が映っていた。

（こんな顔でいたら、皆に心配されるのも当然だわ……）

机の引き出しを開けて、家族との温かい思い出が書かれた昔の日記帳を見ようと手を伸ばす。

両親がプレゼントしてくれた日記帳はマデリーンのお気に入りだ。

（……懐かしい）

幼い頃から日記をつけることが習慣になっていたが、最近の日記を開いても嫌な内容ばかりだ。

昔は、今の姿が嘘のように毎日浜辺を走り回ったり、お菓子を食べたり、兄に甘えたり……思い出すのは幸せに笑顔で過ごしていた日々。

両親は忙しくて寂しい気持ちはあったけれど、兄と使用人の皆がいつもマデリーンのそばにいた。

両親も時間があるときはマデリーンを可愛がってくれた。

まだパトリックと婚約する前の家族との思い出を振り返ると心が安らぐ。

思えば、パトリックと婚約してからはずっと、息の詰まりそうな毎日を過ごしていた。

彼を支えるために覚えることもやることもたくさんあったのに。

パトリックとはうまくいかず、忙しい家族に迷惑を掛けないようにと振る舞えば、逃げ場がなくなる。

マデリーンは次第に、笑うことを忘れていった。

そんな日々にも耐えて、血の滲むような努力で勝ち取った水の乙女と氷の乙女の称号。

周囲から褒め称えられたとしても、心の中はどこか空っぽで苦しかった。

婚約者として恥じぬように。自慢の娘として誇ってもらえるように。そう思っていたのに、パトリックに声は届かず、両親には声をかけることを躊躇してしまう。

肩を寄せて家族と共に抱き合っている姿を思い出しては懐かしく思う。

昔はうまく甘えられたはずなのに、今はもう誰にも頼ることはない。これだけ頑張っても報われない。

その気持ちが心に影を落とす。

昔の日記帳を仕舞って、今日の出来事を書こうと引き出しの中を探っていると、指にコツンと何かが当たる。

（何かしら、このボロボロの本……）

取り出してみると、随分と古びた本が引き出しの中から出てきた。ボロボロになっている本の表紙をそっと撫でる。

懸命に記憶を手繰り寄せてもコレが何なのかはわからない。

強いて言うならば、今、書いている日記帳がちょうどこんな感じの色の表紙だ。

見比べてみようと引き出しに手を伸ばして探してみるが、見当たらない。

（どうして……？　昨日も日記を書いてここに入れたはずなのに）

本の表紙に染み込んでいる涙のような染みを見ていると、嫌な気持ちが込み上げてくる。

しかし何故かその本が気になって仕方ない。

背筋がゾワリとするのに手放すのは惜しまれるような、不思議な感覚に襲われたマデリーンは、恐る恐る中を開く。

そこにはマデリーンがいつも書いているように日付と文字が書かれていた。自分の筆跡だ。

マデリーンの部屋は海に近い。保管には気を付けていたつもりだったが日記帳が劣化してしまったのだろうか。しかし一日でこうなることは考えづらい。

そう不思議に思いながら何気なくページを開いたマデリーンは、目を見開く。

「これって……まさか！」

そんなはずはないと、勢いよく本を閉じる。心臓はバクバクと脈打っている。

マデリーンは首を横に振ってから「ありえないわ」と呟いた。

今すぐその不気味な日記帳を窓から海に投げ捨てようと手を振り上げた時だった。

――タスケテ、オネガイ

日記帳から声が聞こえた気がした。

まさか、と自分の耳を疑った。

誰かの悪戯かと思ったが、ここの屋敷には昔から父が厳選した信用できる使用人しかいない。日記帳をすり替えたり、ましてや声を吹き込んだりすることができるわけがない。

仮にできたとしてもそんなことをする理由がないではないか。

捨てようとした日記帳に再び視線を送り、自らを落ち着かせるようにサイドテーブルに置いてから距離を取る。

マデリーンは自身が疲れているだけかもしれないと額を押さえた。

けれどどうしても気になってしまいチラリと日記帳に視線を送る。

汗ばむ手を拭い、震える手で日記帳を開く。

――そこには〝未来に起こること〟が書き込まれていた。

そしてその書き込みの筆跡は、間違いなくマデリーンの字だ。

だがマデリーンには、未来を予測するような日記を書いた記憶などない。

指先が震えてうまく動かない。

恐る恐るページを捲っていくと、他のページとは違い、殴り書きのように書かれている部分があった。

日記の内容はこうだ。

『今、この日記を見つけたあなたは幸運よ……！

信じられないかもしれないけど、ここに書かれているのは今から起こることなの。

マデリーン……今日あなたはパトリック殿下から卒業パーティーに一緒に出席できないと言われて、悔しさに耐えながら思い悩んでいる頃でしょうね。

もしくは昔の日記帳を見ながら落ち込んでいる頃かしら。

これからどうすればパトリック殿下との仲を修復して、二人で幸せな未来に進めるのでしょう、って。

でもね、あなたは今日から一週間後の卒業パーティーでパトリック殿下から一方的に婚約を破棄されるわ。

これはもう変わりようがない運命なの。

更にあなたは卒業パーティーでローズマリー様に危害を加えたという罪を被せられて、パトリック殿下から国外追放を言い渡されることになる。

誰もパトリック殿下には逆らえない。放心状態のあなたは促されるまま馬車に乗り、森に投げ捨てられてしまう。

恐らく前もって何人かの令嬢や令息に根回しをして、計画を立てていたのだと思うわ。

悲しみに暮れて、絶望した未来のあなたは……わたくしは、判断を間違えてしまった。

獣に食い殺される前に、せめてもと崖から飛び降りて自害してしまう。

そんなことをするくらいなら、誰かに助けを求めるべきだったのに。

国王陛下やお父様かお母様、お兄様……誰でもいい。

そうすれば必ず助けてくれたわ。

それから、わたくしを追放したパトリック殿下を許せなかったお父様と――――のせいで国は崩壊してしまう。

多くの民が巻き込まれて国は壊滅してしまう。

彼はずっと想いを寄せてくれていたのに、わたくしは――――を頼らなかった。

もしここに書いてあることを信じてくれるのなら、死にたくないというのなら、どうかわたくしの言葉を信じて。

運命を変えて、死ぬ気で抗ってちょうだい。

この地獄のような結末をどうかあなたの手で変えて欲しい。

マデリーン、お願い……！』

バタンという音と共に勢いよく日記帳を閉じた。

無意識に息を止めていたからか、苦しくて肩が上下に動いていた。

「はぁ……はぁ……っ！」

目を見開いて、口元を押さえる。

国外追放、誰も助けてはくれない、自害……信じられないような言葉が並んでいた。

(嘘よ……こんなの絶対に嘘だわ！)

しかし、その中でも気になる一文があった。

『わたくしを追放したパトリック殿下を許せなかったお父様と――のせいで国は崩壊してしまう』

ところどころ涙で滲んで見えない部分があった。恐らく誰かの名前だろう。

(……皆、わたくしのために怒ってくれたというの？)

愛されて育った自負はあるが、今のマデリーンと父たちとの関係は希薄だ。

両親は国中を巡り、旱魃に苦しむ場所に赴いては水を恵んでいる。兄も騎士として城や街に行っては人助けをしていた。

マデリーンは屋敷に帰ってきてもいつも一人だった。

(わたくしは、今でもこんなに愛されていたの……？)

信じられない内容ばかりだが、誰かの悪戯だと一蹴することもできない。日記の中の自分が〝マデリーン〟に必死に助けを求めていたこともあり、もしかしたら本当に……という考えが頭をよぎる。

(わたくしが今日パトリック殿下から告げられたばかりのことが書かれていたわ。日付も合っているし……)

「い、いいえ！　わたくしとの婚約を破棄できるわけがないじゃない。今まであんなにパトリック殿下に尽くしてきたんだもの。こんな日記……っ！」

立ち上がって日記帳を仕舞うか捨てるかしてしまおうとするが、どうしてもできない。まったくのでたらめだと信じ切ることができないからだ。

今にも張り裂けそうな胸を押さえるように手を握った。

再びベッドに腰掛け、震える手で日記を開いて、内容を読み込んでいく。

そこには信じられないことに卒業パーティーで追放されるまでの流れなどが事細かに書かれている。まるで物語のようだと思った。

最後まで望みを持って待っていたドレスは結局、パトリックからプレゼントされなかったこと。パトリックはマデリーンではなくローズマリーにドレスを買い与え、彼女を伴ってパーティーの会場に現れたこと。

何より驚いたのは、もしそうなった場合の次善策として考えていたドレスや髪型がピタリと当てはまっていたのだ。

（これも、これもそう……すべてわたくしが考えていたことだわ）

初めは半信半疑だったが、次第に日記を食い入るように読んでいた。

読み進めていくと、マデリーンがローズマリーに数々の嫌がらせをしていたなどと、あらぬ罪が被せられることが書かれている。

（嫌がらせ……わたくしがローズマリー様に？　ありえないわ！）

マデリーンがしていたのは貴族としての振る舞いについての注意。

ローズマリーのマナーがあまりにも悪く、それを直すようにアドバイスしただけだ。

嫌がらせや暴力、虐めなどは一切行っていない。

むしろ、周りの令嬢たちからもかなり反感を買っていたローズマリーを庇い立てることさえしていた。

自分が間に入ることで令嬢たちの怒りを緩和して、ローズマリーに同じことを繰り返さないように、言い方を選んで注意したつもりだ。

これも学園の平和を乱さないための配慮だったはずなのに、どうしてこんな形に捻じ曲がった解釈をされたのかが不思議である。

周囲にいる令息や令嬢たちだって、その場面を間近で見ていたはずだ。

長年、顔見知りの令嬢や令息たちとは、なるべくいい関係を築いてきたつもりでいた。

将来、国を支えていく大切な仲間だと思っていたからだ。

それなのに、何故こんなことが起こってしまったのだろう。

その理由は次のページに書かれていた。

読み進めていくうちに日記が破れそうになるほどに握りしめていた。

ガタガタと震えるマデリーンの手。全身に鳥肌がたつ。

(まさか、あの子たちがわたくしを裏切るというの？　そんな……………こんなことって)

手から日記帳が滑り落ちていき、バタンという音と共に床に落ちてしまう。

あまりのショックにマデリーンは両手で顔を覆った。

（あんなに一緒に過ごしたのに……っ。それなのにすべてわたくしの犯行だと証言したというの？　彼女たちに裏切られてしまうなんて……！　誰か、嘘だと言ってちょうだい）

今まで我慢していた涙が次々に溢れていく。

マデリーンをローズマリー虐めの犯人に仕立て上げたのは、いつも一緒にいる三人の令嬢たちだったのだ。

彼女たちを心から信頼していた。

身分など関係なく、彼女たちと喋る時間は癒しだった。

（そう思っていたのは、わたくしだけだったの……？）

彼女たちもマデリーンのことを好いていてくれているのだと思っていた。

そう信じて疑わなかったのに……

『……マデリーン様がローズマリー様に危害を加えたのを見ましたわ……』

『…………わ、わたくしも』

『……わたしもマデリーン様に言われましたわ。怖くて、逆らえなかったんですっ』

パーティーの場で、彼女たちはそれぞれ、このように言ったらしい。

誰も手を差し伸べてくれなかった理由は、一番近くにいる彼女たちのこの証言も大きいのだろう。

事細かに書かれている台詞を信じられない気持ちで見ていた。

その時の絶望感を考えるとスッと体が寒くなる。

信じていた友人から裏切られ、尽くしてきた婚約者から見限られて、一人で崖の上から身を投げて孤独に死んでいく。

誰にも手を差し伸べられることもなく、差し伸べてくれたかもしれない手に頼ることすら思いつかず、自分を自分で殺してしまうのだ。

(変えられない運命……ここに書かれていることが現実になってしまったら？)

今までマデリーンが積み上げてきたものは何だったのだろうか。

(パトリック殿下のためにしていた血の滲むような努力は何の意味があったというの？　今まで築き上げてきた友情は偽物だった……？　こんな現実、耐えられないわ)

マデリーンは信じられない気持ちで髪をぐしゃぐしゃに掻き乱した。

心は荒波を立てたまま、マデリーンを追い詰めていく。

ふと、鏡に映る自分と目があった。

毎朝、気合を入れて巻いていたアイスブルーの髪はボサボサで見る影もない。

涙に濡れた冷たい氷のような青い瞳。メイクは涙で濡れてぐちゃぐちゃになり、ひどいありさまだ。

誰よりも強くあろうと、素晴らしい令嬢であろうとした。

ウォルリナ公爵家の者として、また国を支えていくものとして恥じぬように頑張ってきたのに。

これが、誰よりも気高くあろうとしたマデリーンの末路だというのだろうか。

しかし今、マデリーンは悲しみよりも裏切られた怒りが勝っていた。

(許せないわ。こんな運命があってたまるもんですか……っ！)

血が滲むほどに唇を噛んだ。

奥歯を噛み締めたためか、ギリギリと歯が擦れた音が聞こえる。

マデリーンは腕で乱暴に涙を拭う。そのまま手のひらをぐっと握り締めた。

（…………絶対に諦めたくないわ。こんな運命、すべてぶち壊してやる）

絶望的な状況で希望の糸を手繰り寄せようと必死に思考を巡らせる。

（どうする……？　考えるのよ、マデリーン）

もう一週間しかない。正攻法ではきっと太刀打ちできないだろう。

しかし、日記にも書いてある通り、このことを前もって知ることができたのは幸運だったのだ。

今、この瞬間から己の運命を変える機会を手にできたのだから。

（わたくしは生き残るために、パトリック殿下とプライドを切り捨てる……！）

日記を最後まで読み終え、マデリーンは覚悟を決めたように立ち上がる。

（けれど、どんなことがあろうとも、わたくしが悪になることは避けなければならないわ……こんな未来になっても愛してくれた家族のためにも）

国外追放だけを避けるなら、その場で魔法を使って抵抗すればいい話だ。

何故なら、パトリックを守るために攻撃用の魔法を覚えたことを、彼本人には伝えていない。

パトリックはマデリーンが自分より強くなることを毛嫌いしていたからだ。

水の乙女と氷の乙女の称号を賜った時も、お祝いの言葉を言ってくれるのかと思いきや、『たかがそのくらいで調子に乗るなよ』と吐き捨てたのである。

それ以降、マデリーンは新たに習得した魔法をパトリックに伝えておらず、結果彼は婚約者の使える魔法を過小評価していた。

更に、純粋な魔法の力自体も、どう考えたってパトリックよりもマデリーンの方が強い。パトリックが魔法の研鑽を最低限しかしていないからだ。

とはいえ、魔法を使っての抵抗は、やりすぎてしまえばこちらが加害者になりかねない。

パトリックが根回しをしている貴族が大勢いる中では悪手だろう。

ではマデリーンの今までの努力が今回まったく役に立たないかというと、そんなことはない。

水は生活する上でなくてはならないものだ。そして、夏に水を確保するには、氷魔法が大きく役に立つ。

氷魔法の使い手は貴族の中にたくさんいるが、氷魔法の使い手は少なく、この国でマデリーンほど氷魔法を使える人間は他にいない。

王家としてはマデリーンを手放せないはずだ。

パトリックがいつか振り向いてくれると心のどこかで自惚れていたのも、自分の魔法が国にとって有益だと自負していたからであった。

（国王陛下なら、絶対にわたくしを国外に追い出したりしないわ。きちんと理由を聞いて調査するはずよ。万一罪を犯していたとしても、国内に留めようと動く。氷魔法の使い手を失った上にお父様の反感を買うなんて避けたいでしょうから……）

パトリックとてそれはわかっているはずだろうに、やはりその目を曇らせたのはローズマリだろうか。

国にとっての有益性はさておき、希少性でいえばマデリーンよりローズマリーが勝る。

更に言えば、元々平民だったローズマリーは、今も王城に程近い魔法研究所で魔法の訓練を受けている。

これからローズマリーがどんなに花魔法を強化しても、物心ついた頃から炎魔法を扱っているパトリックには敵わない。

彼にとってマデリーンよりか弱く守るべき女性なのだ。そんなところもローズマリーを選ぶ要因になったのだろう。

（はぁ……本当に腹立たしい。わたくしがこんな扱いを受ける日が来るなんて夢にも思わなかった……気付かないうちに、まさかここまではしてこないだろうという驕りがあったのかもしれないわ）

おそらくあの日記を書いた未来の自分にとっても青天の霹靂だったのだろう。

ドレスを贈られなくても、エスコートを受けなくてもパトリックとの関係ごと覆されることは起きないと思い込んでいた。

そこをひっくり返すような行動をとられたことで、ショックを受けすぎて抵抗する気もなくなったに違いない。

（とはいえ、こういうそもそもの前提をひっくり返す策は、パトリック殿下も得意じゃないはず……きっと、誰かがパトリック殿下に入れ知恵をしたのね……！）

犯人を突き止めたい気持ちはあったが、一週間でそこまでできる自信はない。時間が足りなすぎる。ウォルリナ公爵家を失脚させたい誰かだろう、と心に留め置くのが精々だ。

(……それにしても、わたくしが思っているより、パトリック殿下はずっと愚かだったのね。どうして彼がいいと思っていたのかしら。昔の約束に縛られ続けて現実を見なかった、わたくしも愚かだったわ)

やっと夢から醒めたような気分だ。

マデリーンが避けるべきなのはパトリックの権限で問答無用で馬車に乗せられ、山奥に送られることだ。国王の目が行き届かずパトリックの権限でそんな理不尽が罷り通ってしまうのは、卒業パーティーの夜のみ。

ならば、何とかして卒業パーティーに出席できない理由を作ればいい。

卒業パーティーまでに婚約解消の理由を作ることができれば、尚良いだろう。

(今までずっと我慢してきた。それを全部無にするのは死ぬほど悔しいけど、自分の命の方が大切だもの！)

しかし卒業パーティー欠席はともかく、婚約解消はかなりハードルが高い。

理由なくマデリーンからパトリックとの婚約の解消を申し出れば、プライドが高い彼のことだ、反発されてしまうかもしれない。

それでも今ならばローズマリーを選びすぐに婚約を白紙にしてくれる可能性はあるが、裏に誰かついているならば、それも厳しいのではないだろうか。

今からローズマリーとパトリックの不貞行為の証拠を集めても、卒業パーティーに間に合うかはわからない。

両親を頼ればどうにかなるかもしれないが、父や母が仕事を投げ出してまでこちらを優先してくれるとまでは思えなかった。

いつもそばにいた友人たちにも頼めない。マデリーンを裏切る可能性があるからだ。

（もう……どうしたらいいの）

マデリーンは部屋をウロウロとしながら考えを巡らせ、重たい溜息を吐いた。

今日を含めて一週間。実質六日で状況をひっくり返すことなど本当にできるのだろうか。

両親に日記帳を見せたいところではあるが、証拠にはなりえないし、そもそも今日も二人とも泊りがけの仕事に出ているため屋敷にはいない。

何かいい方法はないかと本棚に向かい、状況打開のヒントを探して本を開いていく。

ふと、一冊の絵本を手に取った。

幼い頃、寝る前に兄によくこの絵本を読んで欲しいとせがんだことを思い出す。

母からもらった大切な絵本だ。

『マデリーン、この絵本はね……わたくしの宝物なの』

そう言っていたことを思い出す。

当時から父と母がほとんど屋敷を開けていたので、兄が両親の代わりだった。

「懐かしい……」

表紙には海と一人で佇む女の子の絵があった。

一ページ目にいたのは泣いている一人ぼっちの女の子。

二ページ目には海に現れた不思議な男の子と約束を交わすシーン。

次のページには、いつまで経っても会えない男の子を想いながら、寂しくなった女の子が海に飛び込むシーンが描かれていた。

今となっては、少年が海から突然現れたからといってどうして海に飛び込むのかと不思議に思ってしまうが、子どもの頃のマデリーンは、その後のキラキラと輝いた海の場面に夢中だった。

主人公の女の子も、海の鮮やかな景色に目を奪われる。

海では魚もイルカもクラゲもそばにいてくれたので寂しくなかった。

次第に地上のことを忘れていく女の子は海で楽しく暮らしていた。

そんな女の子を、何故か、海の底まで探しに来てくれる男の子。

二人で海を出ることになるのだが、女の子は大好きだった男の子のことも忘れていた。

女の子の記憶を海の仲間たちが届けてくれて、男の子と結ばれてハッピーエンド。

パタリと絵本を閉じると、背表紙には二人が仲良く手を繋いでいる後ろ姿が映っていた。

（……海に飛び込んで記憶が消えてしまう。王子様が迎えに来てくれてハッピーエンド、ね）

この絵本の女の子が少しだけ羨ましく思えた。

マデリーンは窓の外に顔を向ける。

ウォルリナ公爵家の屋敷は、海を見下ろすことができる場所に建っている。

代々水魔法の使い手であるため、海辺の近くの方が魔法の練習がしやすいからだろう。

ザーザーと波の音が耳に届く。夜の海は静かでどこか不気味だが美しい。しかし、そのまま吸い込まれてしまいそうになる。


（…………綺麗）


ここ数年、窓の外の景色を見る余裕すらないほどに自分は追い詰められていたのだと気付いた。

パトリックの婚約者に選ばれる前のマデリーンは、朝から晩までずっと海にいるほどに水が好きな子どもだった。

砂浜まで迎えにきてくれた兄に『まだ遊びたい』とねだって、一緒に遊んでもらったほどだ。

貴族の令嬢としては失格かもしれないが、自由に砂浜を駆け回れていたあの頃は、本当に楽しかった。

けれどパトリックが白い肌が好きだと聞いたから、肌を気遣って日焼けしないように海に行かなくなってしまう。

婚約者になってからは、魔法講師の指導を受けて己を必死に高めながら、淑女としての教育も受けていたため、そもそも海に行く時間がなくなった。

今も変わらず忙しい両親はもちろん、騎士となった兄とも顔を合わせることはほとんどない。

大好きな家族のために頑張ろうと思う気持ちは変わらないが、今ではその純粋な想いも複雑な何かが絡み合って、うまく表現ができないでいる。

潮風の香りが鼻腔を掠めた。

大きく息を吸い込んで吐き出してから、そっと瞼を閉じる。

約束を交わした日のことを思い出す。

昔、ウォルリナ公爵邸で開かれたパーティーで、皆に仲間外れにされて泣いていた男の子を庇ったことがあったのだ。

『もし今後あなたに何か言う人がいたら、わたくしが捻り潰してさしあげますわ！』

今思えば令嬢らしからぬ過激な発言ではあるが、泣いている彼を放ってはおけなかったのだ。

その後、海へと連れ出して侍女たちが探しに来るまで二人でずっと話していた。

男の子の泣いていた顔がだんだん笑顔になっていくのが嬉しかった。

光が反射した彼の髪は綺麗なオレンジ色で、まるで太陽のようにキラキラと輝いている。

『マデリーン様の髪は海からの贈り物ですね。とても綺麗だ』

そう言われて心臓が高鳴っていく。

マデリーンがお礼を言った後、言葉を詰まらせながら彼はこう言ったのだ。

『今よりも強くなって、あなたに相応しい男になれたら、僕と結婚してください。僕が必ず君を幸せにするから……！』

確かにそのとき、マデリーンも、彼と結婚して支えたい、守ってあげたいと強く思ったのだ。

懐かしくも幸せな思い出だ。

けれど、過去と決別して前に進まなければならない。

（……もうあなたを支えて、守れそうにないわ。ごめんなさい）

本当は、昔あそこまで言ってくれたパトリックを自分は繋ぎ止められなかったのだと認めるのが恥ずかしかった。

最近彼と会ったばかりのローズマリーに負けたと認めるのが悔しくて、昔の約束を守れない自分になるのが嫌だっただけだ。

（……大切にすべき人は、パトリック殿下以外にもいたのに）

侍女たちはマデリーンをあんなにも心配して気を遣ってくれている。

兄は確かに最近なかなか会えないけれど、最後に顔を合わせたとき、『何かあれば力になるよ』と言ってくれていた。

母もそのとき、自分をまっすぐ見て何度も頷いていた。

父と最後に話したのはもういつのことだか覚えていないが、日記の記述が本当なら父もマデリーンを案じてくれていたのだろう。

彼らに失望されてしまうことがこんなにも怖い。

我慢し続けた自分が、本当は泣きたかった自分が、ずっと押し込めてきた本当の自分が悲鳴を上げているような気がした。

自然と涙が流れてくる。

けれど、変わりたいと願うならば泣いてばかりはいられない。

（運命を変えるためにはどうしたらいいの……？）

思い出に縋るように、絵本に視線を向ける。

その瞬間、あることを思いついた。

それは決して褒められた方法ではないけれど、この状況を一変させるほどの説得力があった。

今までのマデリーンならば絶対にやらなかっただろう。今だって、自分の生死がかかっていなければ、したくないことだ。

（そんなことをしたら、お父様とお母様にご迷惑をかけてしまう。でも……）

けれど、マデリーンが今までの自分を貫こうとする限り、この現状を大きく動かすのは難しい。

そんな状況を作り上げたのが今までの自分だということもわかっている。

今、パトリックに反撃するためにできることはこれだけだ。

彼への気持ちを断ち切った今、手段は選んでいられない。

（このままで終われるわけがないでしょう……！）

手のひらをぐっと握り込んだ後に力強く日記帳を開いた。

マデリーンが今までのような自分でいたことでこの事態を招いてしまったのなら、マデリーンが今のマデリーンでなくなれば、逆にうまくいくのではないか。

それにこのタイミングで絵本を開いたことにも、なにか意味があると思えて仕方なかった。

大きく息を吐き出す。心臓が激しく音を立てるのがここまで聞こえてくる。

震える手で羽根ペンを取った後、感情のままに手紙を書き綴る。

パトリックからパーティーのドレスを贈られることはなく、エスコートを断られたこと。

学園でも仲睦まじい様子の二人の姿を度々目撃して、ローズマリーとパトリックの関係に心を痛めていること。

涙を拭うことすら忘れていた。己のプライドとの戦いだった。

（こんなこと……日記を見つける前だったら絶対にしなかったわ）

後悔が押し寄せてくる前に、急いで封筒に手紙をしまった。

理性は他にもやり方があるはずだと必死に訴えかけてくる。この後のことを考えて心が押し潰されるように痛んだ。

（このまま海に飛び込むなんて……ふふっ、まるで悲劇のヒロインね）

そっとサイドテーブルに封筒とメモを置いて、絵本は元の場所へと戻す。

あの日記帳は誰にも見つからない場所にしまい込んだ。

マデリーンはゴシゴシと目元を擦りながら涙を拭った。

そして、立ち上がる。

（すべてを捨てるわ。この状況をひっくり返すためにっ！）

マデリーンは勢いよく窓を開けた。

冷たい海風が、やめろとばかりに部屋に吹き込んで髪を揺らす。

夜の海は不気味ではあるが怖くはなかった。

（わたくしなら大丈夫……この作戦なら絶対にうまくいくから）

言い聞かせるようにして胸に手を当てた。

すぐに違和感に気付いてもらうために、窓は全開にしておいた方がいいだろう。

靴を脱いでから、窓の縁に体を乗り出した。

そしてマデリーンは窓から海に向かって飛び込んだのだった。

＊　＊　＊

パトリックは今日も、魔法研究所でローズマリーに会うのを楽しみにしていた。

ローズマリーに出会ってから、渇いていた心に花が咲いたように潤いを感じている。

（今日は何の話をしようか。美味しい菓子や紅茶を取り寄せたが、喜んでくれるだろうか）

そんなことを考えながらパトリックはローズマリーとの出会いからこれまでのことを思い出す。

その日はマデリーンからいつものようにうるさい小言を言われてイライラしていた。

『民のためには魔法の訓練は欠かしてはいけません……！　きちんとご自分の立場を考えてくださいませ』

幼い頃から魔法が使えるからと、ちやほやされてきたせいなのか何なのか知らないが、えらそうな態度を取るマデリーンのことがパトリックは気に入らなかった。

同じように、ただ珍しい魔法を持っているというだけで研究員に持て囃されているローズマリーの姿を見て腹立たしく思っていたため、『調子に乗るなよ』と言ってやるつもりで彼女に話しかけたのだ。

『おい、お前……』

『まぁ！　とっても素敵、夢みたいっ！』

『……は？』

『本物の王子様に会えるなんて、なんて運がいいのかしら……！　わたしはローズマリー・シーアです。よろしくお願いしますっ』

ローズマリーの小さな手がパトリックに触れる。

触るな、と声を上げようとした時に、キラキラと期待に満ちた瞳を向けられて、パトリックは動きを止める。

『ずっと王子様に会ってみたかったんです。とてもかっこいい炎の魔法を使うと聞きました。本当に素敵ですね……！』

そう言われてパトリックはピタリと唇を閉じる。なんなんだコイツは、と思わないでもなかったが、悪い気はしなかったため、『これのことか？』と魔法で小さな火の鳥を作ってやった。

するとローズマリーは、そんな些細な魔法で『すごいわ、とってもかっこいい！』と飛び跳ねて喜んだのだ。

彼女の感情に合わせるようにして、ポンポンと音を立てて花が現れては地面に落ちていく。

パトリックは驚きながら花とローズマリーを交互に見ていた。

『なっ、何故、こんなところに花が……？』

『まだ魔力をうまくコントロールできなくて、こうして花が出てしまうんです。えへへ、ごめんなさい。本当はこうやって……』

『……？』

手を握って力を込めたローズマリーの手から一輪のピンク色の薔薇が現れる。

『これ、よかったらどうぞ！　素敵な王子様、またお話してくださいね』

『あっ、おい……！』

そう言って元気に手を振って去っていったローズマリー。

暴言を吐くことも忘れて、彼女の背中を見送っていた。

手元に残ったのは一輪のピンク色の薔薇だけ。

その日から、パトリックはローズマリーのことが気になって仕方なかった。

研究所に行ってはローズマリーと話し、他の令嬢たちとは違う彼女に惹かれていく。

ローズマリーはパトリックのやることすべてを肯定してくれるのだ。

『パトリック殿下は本当にすごいですね！　天才だわ』

『こんな素敵なこと、初めての経験です』

彼女はいつも、花のような笑顔を向けて、パトリックを褒めてくれる。

次第に、ローズマリーを守れるのは自分しかいないと思うようになっていった。

一方で幼い頃から婚約者のマデリーンはどうだろうか。

いかにもプライドの高そうな口調と、美しくはあるが氷のような表情。

彼女はいつも何かを言いたげな視線をこちらに向けてくる。

パトリックが粗相をした際のフォローはうまいが、その後の小言は煩わしくて聞いていられない。

それなのにパトリックよりも国民や貴族たちから人気があるマデリーンに嫌気がさしていた。

自分よりも褒め称えられているマデリーンの姿を見ることが何よりも腹立たしい。

(氷という珍しい魔法属性を持っているというだけで、偉そうにするなよ!)

王になる自分こそが敬われるべきだと思っていた。

そんなマデリーンとの関係は幼い頃から変わらない。とてもつまらないものだ。

(俺はただウォルリナ公爵の票が欲しかっただけなのに……)

王太子指名の一票を得るため、王子たちは三大公爵家のご令嬢の中から次期王妃である婚約者を選ぶことが多い。

現在の次期国王候補は二人。

パトリックは弟のドウェインと王位を争っている。ただでさえ炎魔法の適性を継げなかった出来損ないである上、ドウェインは三大公爵の令嬢の誰とも婚約することはなかった。

もう王位を継ぐことを諦めているのだろう。

(残り二家のどちらかの票がとれれば、俺の勝ちで決まりだ……!)

マデリーンを婚約者にしたことでウォルリナ公爵を引き込むことができたのは本当に大きかった。

ウォルリナ公爵本人には、あまりいい印象を持たれていない。

だが娘のマデリーンがパトリックの婚約者である以上、パトリックを選ばずにはいられまい。

(つまらない女でも利用価値がある。王位を継いだら絶対に捨ててやるからな)

そう、それでもこの時までは、王位のためにマデリーンとの婚約は続けてやるつもりでいたのだ。

そんな時、ローズマリーから相談を受けるようになった。

どうやら彼女は学園でマデリーンに嫌がらせを受けているらしい。

『マデリーン様にまた怒られてしまいました。やっぱりわたしのことを嫌っているんだわ……！』

そう言って、ローズマリーは悲しそうな表情をしながら涙を浮かべていた。

彼女を追い込むマデリーンや周りの令嬢たちに怒りを感じる。

自分が守らなければと学園でも常にローズマリーのそばにいるようになった。

『パトリック殿下がそばにいてくれるだけで、わたし……安心します』

ローズマリーにそう言われると心が安らぐ。彼女が笑ってくれるだけでパトリックの気分は高揚するのだ。

（ローズマリーこそ俺のパートナーとして相応しいんだ。結婚するならばローズマリーがいい）

次第に、ローズマリーと結ばれたいと強く思うようになっていった。

そのためにはマデリーンに婚約者の座から退いてもらわなければならない。

たとえウォルリナ公爵の票が入らなくても、他の公爵たちから二票を得られれば何も問題はないではないか。

過去に三大公爵家以外の家の令嬢を娶った王がいないわけではないのだ。あの出来損ないのドウェインと比べれば自分のほうが王位にふさわしいだろう。

今はローズマリーと結ばれることが最優先だった。

彼女は魅力的だ。いつ他の令息に取られてもおかしくない。

それにドウェインもよく研究所を出入りしている。

婚約者がいないドウェインにローズマリーを取られてはたまらない。

両親や公爵たちが出席しない卒業パーティーでは、パトリックが一番の権限を握っており、逆らえるものは誰もいない。

ローズマリーを養女として迎えたシーア侯爵もうまく手を回してくれると言っていたので問題ないだろう。

プライドの高いマデリーンはドレスを贈られていないことも、自分が一緒に参加できないと言ったことも周りには言えないはずだ。

マデリーンにドレスを贈らなかったために浮いた予算で、ローズマリーに花の刺繍をふんだんにあしらった美しいドレスをオーダーする。

心の底から嬉しそうにしているローズマリーを見ていると誇らしい気持ちになった。

ローズマリーにずっと可愛らしく微笑んでいてもらうため……マデリーンを追い込むためにやることがあるとシーア侯爵に言われたパトリックは、その通りに動いていた。

いつもマデリーンと行動を共にしている三人の令嬢を呼び出して、嘘の証言をするように言ったのだ。

『マデリーン様を裏切るなんてありえません』と生意気にも反抗してきた三人の令嬢を脅せば、令嬢たちは眉を寄せて唇を震わせる。

幸い、マデリーンの友人は伯爵家や子爵家の者たちばかり。

シーア侯爵の協力もあり、すぐに従わせることができた。これで、マデリーンがローズマリーに嫌がらせ行為をおこなっていたと皆の前で簡単に証明できる。

希少な花魔法を扱えるローズマリーを排除しようとしていた。それは国外追放を告げても問題ない罪だろう。

他にも使える者が山ほどいる水魔法と、珍しくはあるが使える者がいないわけではない氷魔法を扱うマデリーン。

現状、この国どころか近隣諸国でも唯一無二の花魔法を扱うローズマリー。

どちらが大切かと問われれば一目瞭然だろう。

（くっ……マデリーンを捨てる場所ももう考えてあるからな！）

川のない森の中に放り込めばいい。

水がない場所ではマデリーンも魔法が満足に使えないと知っている。

これはすべてローズマリーの養父であるシーア侯爵と話し合い考えた作戦だった。

（ハハッ、完璧な作戦だ。俺の未来は明るいぞ……！）

パトリックは勝利を確信していた。卒業パーティーが待ち遠しくて仕方ない。

そうして浮かれながらローズマリーが研究所から出てくるのを待っていると、どこからか焦ったような声が聞こえてくた。

「兄上、こんなところにいたのですか⁉」

「なんだドウェインか。はっ、出来損ないの分際に兄などと呼ばれたくないんだよっ」

「…………」

「用件があるならさっさと言え。俺は忙しいんだよ」

「忙しい、ですか。研究所に何のご用事で？」

「お前には関係ないだろう？」

ドウェインもローズマリーと同じく唯一無二の魔法を扱い、それが理由で昔から研究所によく出入りしていたが、ローズマリーと違い、昔から敬遠されていた。

彼の持つ黒い髪と紫の瞳は、歴代の王家に誰一人としていなかったからだ。

両親も王家から新しい属性が発現したと喜んではいたが、実際は自分と同じく、ドウェインを忌み嫌っているに違いないとパトリックは思っていた。

無言でこちらを睨みつけてくる弟に、パトリックは苛立ちをぶつけるように言葉を吐き出した。

「……さっさと用件を言え」

早くしないとローズマリーが研究所から出てきてしまう。

ローズマリーをドウェインに会わせたくはなかった。

昔はもっと根暗で引っ込み思案で、パトリックが怒鳴ればすぐに泣いていたというのに、今は怯える素振りすら見せない。

それどころか、こちらを軽蔑するような視線を向けてくるのが腹立たしい。

(生まれたときから出来損ないのくせに……！)

幼い頃のドウェインは、魔法のコントロールがうまくできずに、周囲の者たちに怯えられてばかりいた。

ローズマリーの花なら微笑ましいで済む現象も、ドウェインの毒では笑いごとではない事態に発展したからだ。

希少な魔法だったため師を仰ぐこともできず、そのうち部屋に閉じこもり気味になっていたドウェインをパトリックは『出来損ないの恥晒し』と鼻で嘲笑っていた。

次第に大きくなる魔法の力がドウェインの体を蝕み始め、指先から手首まで紫色に変色した皮膚を、いつも手袋で隠すようになる。

その時は可愛げもあったが、ある日を境にドウェインは部屋に閉じこもるのを止めた。

人が変わったように魔法の訓練に進んで取り組み始め、真剣な表情で『目標ができたから』と言って、いろんなものに打ち込み始めた。

ふと気がつくとドウェインの周囲に魔法研究所の職員や人が集まるようになっていく。

あんなに嫌われていたのにそれが不思議で仕方なかった。

一方、パトリックは、ガイナ王国を支えて貴族たちをまとめていくためには魔法の力が足りないのではと言われるようになっていく。

王家の炎魔法の適性を受け継いだのはパトリックであるにもかかわらず、だ。

魔力がコントロールできるようになっただけで父と母に褒められるドウェインの姿を見て、悔しさが込み上げてきたこともよく覚えている。

思えば、昔は可愛げがあったのに、生意気になってしまったのはマデリーンも同じだ。

三大公爵の令嬢たちと顔合わせをすることになった日、ドウェインは無理が祟ったのかひどく体調を崩してしまった。

そのため、顔合わせはパトリック一人で決行されることとなる。

風の公爵の娘、土の公爵の娘、そして最後に水の公爵の娘。

その中で一番、目を惹いたのはマデリーン・ウォルリナだった。

少し焼けた肌、アイスブルーの髪にサファイアのような瞳を輝かせた少女は嬉しそうにこちらを見つめている。

『お久しぶりです。ようこそおいでくださいました！』

『あ、あぁ……！』

会うのはウォルリナ公爵邸で開かれたパーティー以来だった。

今まで会ってきた令嬢たちの中で、もっとも美しく明るく快活な令嬢だと思った。

(どうせ婚約者にするのなら美しい方がいいか……それにウォルリナ公爵の影響力は無視できないからな。確かマデリーンは水と氷の二属性を使うらしいな。母上と同じ二属性だ。基盤を固めるにはマデリーンが一番の適役だな)

母も三大公爵の土の公爵出身で〝緑の乙女〟と〝土の乙女〟両方の称号を持っていた。

作物の実りを助ける魔法を使う母の力は重宝されている。

ドウェインの毒魔法も母の珍しい緑の力が大きく影響して、父の火の魔法が合わさることで偶然生まれたのではないかと言われていた。

そんなことを思い出しているとマデリーンは何故か期待のこもった眼差しをパトリックに向けている。何か言葉を待っているように見えた。

パトリックにはその意図がわからずに、しばらくは当たり障りのない会話を繰り返していた。

マデリーンと話していると、遠くからウォルリナ公爵の厳しい視線を感じていた。

城でもそうだが、値踏みされているような感覚にいつも体を固くしていた。

確実に王位を継ぐためにやるべきことは何なのか、令嬢たちが喜びそうな言葉を適当に思い浮かべ、そしてウォルリナ公爵邸で開かれたパーティーの話ばかりするマデリーンの話を遮るように言った。

『マデリーン嬢、俺と結婚してくれないか？』

『……！』

『俺は、マデリーン嬢と一緒に国を支えていきたいんだ』

『――やっぱりパトリック殿下は、公爵邸で開かれたあのパーティーの時のことを覚えていてくださったんですね！』

『…………え？』

パトリックはマデリーンが何のことを言っているのか、さっぱりわからなかった。

『パトリック殿下？』

『えっと……ああ、もちろんだ。あの時のことだな。ちゃんと覚えているさ！』

『本当に？』

『あ、あぁ……本当だ』

『よかったですわ。あの日の約束を忘れられていたらどうしようって思っていたんです』

マデリーンは胸元に手を当ててホッと息を吐き出している。

数年前にウォルリナ公爵で開かれたパーティーのことは、ほとんど記憶に残っていなかった。

『海辺でたくさんお話しましたよね。強くなるからって……あの時、わたくしはとても嬉しかったですわ！』

『あー……そうか、そうだったな』

『ふふっ、確かにあの時よりずっと堂々としているような気がしますわ！』

『……ま、まぁな』

ここは頷いておいた方がいいだろうとマデリーンに話を合わせていた。

するとマデリーンは満面の笑みを浮かべながらパトリックを見つめているではないか。

（マデリーンは俺のことが好きだったのか。ははっ、もう一押しでウォルリナ公爵の票が手に入る……！）

『なぁマデリーン嬢、今すぐに婚約の手続きをしたい！』

『本当ですか⁉　嬉しい！　……ですがドウェイン殿下にお会いしてからじゃないと……』

パトリックはすぐにマデリーンと婚約したかったため、懸命に説得した。

マデリーンは渋っていたが、このまま何もしなければドウェインもマデリーンを選ぶかもしれない。

自分が先に目をつけたマデリーンを取られるのは嫌だった。

『マデリーン嬢を取られたくないんだ。ほら、約束したじゃないか！』

『……！』

約束という言葉が決め手になったのか、マデリーンは頬をほんのりと赤くして小さく頷いた。

何の約束かはまったくわからないが、話を合わせておいて損はないだろう。

『お父様に話してきますわ！』

そう言って立ち上がったマデリーンの背中を見ながら、パトリックはニヤけるのを抑えられなかった。

（ははっ、三大公爵の中で一番美しい令嬢と婚約してやったぞ）

後に、ドウェインがマデリーンに会うのを楽しみにしていたようだったと知り、パトリックはニヤニヤとして告げた。

『俺がウォルリナ公爵家のマデリーンと婚約したからな！』

『……っ⁉』

ドウェインはまるでこの世の終わりのような顔をしていた。

『マデリーンもとても嬉しそうにしていたんだ』

『……そ、そんな』

『すぐに俺と婚約を決めるほどに、俺のことが好きらしいぞ？』

そう言うとドウェインは今にも泣きそうになりながら唇を噛んで背を向けた。

やはり見目の良いマデリーンをドウェインも密かに狙っていたのだろうか。

出来損ないのドウェインが王座を狙っていたのかと思うと驚きではあるが、やはりマデリーンを選んで正解だったようだ。

ドウェインは一週間近く落ち込んで部屋から出てこなくなる。

(ハハッ、熱を出す方が悪いのだ。早い者勝ちだろう?)

以降、兄弟間にろくな交流はなく、ローズマリーと親しくなってからドウェインが嫌味らしきものを言ってくることはあったが、適当に聞き流していた。

そして今、ドウェインは目の前に立ったまま、何故か黙り込んでいる。

「おい、ドウェイン聞いているのか！　さっさと用件を話せと言ってるんだ！」

「……マデリーン様のことで、お話があります」

「はぁ……………あの女の話か。なんだ?」

聞きたくもない名前に溜息を吐いた。

しかし次の瞬間、ドウェインの発言に言葉を失うこととなる。

「マデリーン様が、海に飛び込んだそうです」

「は……?」

何の冗談かと動きを止めてドウェインを見た。よく見ればドウェインの顔は真っ青だ。

「な、何を……」

「僕も詳しくはわからないのですが、部屋から海に身を投げたと聞きました」

「……⁉」

ドウェインは悲しげに顔を伏せて唇を噛んでいる。

パトリックはその姿を呆然と見ていたが、次第に内容を理解してバッと口元を押さえる。

マデリーンが身を投げて、悲しくてショックだったからではない。

彼女が自ら消えようとしたことに対して、笑いが込み上げてきたからだった。

（卒業パーティーを待たずとも自然とローズマリーを婚約者にできるではないか！）

驚きはしたが、ある意味最高だと思った。パトリックはニヤける口元をドウェインにバレないように隠す。

（あの女が自ら命を投げるとは信じられないが、最後に俺とローズマリーのために役立ってくれたのだな）

内心喜んでいると、ドウェインは心配そうな声を出しながら言葉を続けた。

「怪我はしたそうですが命に別状はないそうです」

「なっ……無事だったのか⁉　どうし……っ」

どうして、そう言いかけてすぐに口を閉じた。マデリーンがいなくなって喜んでいると知られてはさすがにまずい。

「…………は？」

「いや……普通海に身を投げたと聞いたら生死に関わると思うだろう。深い意味はない」

「……。このことはくれぐれも内密にと、ウォルリナ公爵から今朝、手紙が届きました」

「ウォルリナ公爵が？」

「知らせを聞いて、すぐにウォルリナ公爵邸に帰ったそうです。マデリーン様は自害するつもりはなく、頭を冷やすために飛び込んだそうですが……」

そんな訳がわからない理由で、あんな場所から飛び降りるなど正気の沙汰ではない。

(はっ……そのまま、逝っていたほうが幸せだったろうに)

卒業パーティーで信頼していた友人たちに裏切られ、皆の前で辱めを受けることになるのだ。更にその後、水のない森の中で彷徨うことになる。今死んでいた方が森で獣に食い殺されるよりはマシだっただろうに……

自己中心的な考えに沈むパトリックに、ドウェインの言葉が突き刺さる。

「マデリーン様は今、記憶を失っているそうです」

その言葉を聞いて、パトリックは大きく目を見開いた。

「記憶を失っただと!?」

「どうやら自分が兄上の婚約者だったことも、忘れてしまったようで……」

「そ、そうか……！」

パトリックは目を輝かせた。

(記憶を失ったということは何もできない役立たずではないか。これを口実に婚約を破棄できる。やっとローズマリーと結ばれることができるんだ……！)

運は自分に味方しているに違いない。

そんなことを考えていたパトリックは、隣にいるドウェインから憎しみの篭った鋭い視線を向けられていることにも気付くことなく喜んでいた。

(もう少しで幸せな未来が手に入る。ここでローズマリーを待っている場合ではない。すぐに手続きをしなければっ)

研究職員を捕まえて、ローズマリーに急用が入ってしまい迎えに行けない詫びを言づける。

そしてドウェインと共に両親の元に急いだ。両親もマデリーンの突然の奇行に混乱した様子だった。

母はショックを受けたのか口元を押さえた後に首を横に振っている。するとドウェインが静かに口を開く。

「明日にでもウォルリナ公爵邸にお見舞いに向かいたいのですが、ウォルリナ公爵に連絡してもいいでしょうか？」

「そうだな。我々はどうしても抜けられない公務がある。頼むぞ、ドウェイン」

「はい、任せてください」

(俺より出しゃばるな……腹が立つな！)

それにドウェインが『見舞いに行く』と言ったせいで、パトリックまでマデリーンのところに行かなければならない雰囲気になってしまったではないか。

これではローズマリーと過ごす時間がなくなってしまう。そんな考えが透けていたのか、声を低くしたドウェインが問いかける。

「兄上はまたいつものように研究所に向かうのですか?」

「ッ!」

「研究所……?」

「どういう意味だ、パトリック。何故、研究所に行く必要が?」

「い、いえ! もちろん俺もマデリーンの見舞いに向かいます!」

誤魔化すようにそう言うが、両親は何かを見透かしたようにじっと見据えてくる。

余計なことを言うなという意味を込めて、鋭くドウェインを睨みつけたが、彼は動じる様子もない。

「ところで父上、提案があります。マデリーンがこうなった以上、公務に支障が出るでしょう。もしもマデリーンとの婚約を破棄するとなった場合、俺の次の婚約者は……」

「パトリック、不謹慎ですよ!」

途端、母の怒りがこもった声が飛ぶ。

「もしもの話ですよ。俺は万が一を考えて言っただけです。く、国のために……」

「マデリーンやウォルリナ公爵家はこの王国にとって必要不可欠です。マデリーンの療養を理由にあちらから解消を打診されることはあっても、こちらから解消、ましてや破棄などありえません。これまでの献身をなんだと思っているのですか」

母から説教を受けながら、パトリックは小さく舌打ちをする。

(やはり俺の考えを理解できるのはシーア侯爵だけだな)

そう確信していると横にいるドウェインから、いつもと同じ軽蔑した眼差しを感じ、パトリックも負けじと睨み返した。

【第二章　偽りの記憶喪失】

卒業パーティーまで五日。

ウォルリナ公爵邸に向かうためにパトリックはドウェインと共に馬車に乗っていた。

本当は同じ馬車になど乗りたくない。けれどドウェインを毛嫌いすると父と母は露骨に嫌な顔をする。

仕方なく一緒に行くことになった。

こうして二人きりになり、顔を合わせるのは昨日が数年ぶりだった。

ドウェインはよく街に降りたり、研究所にも顔を出したりと忙しくしているようだ。

真っ黒な髪と紫色の瞳は相変わらず不気味だが、憂いを帯びた表情は以前よりずっと大人びたように見えた。

毒魔法を使う反動で今も年中手袋を嵌めているドウェインは何故か花束を持っている。

（……ローズマリーが咲かせる花の方がずっと綺麗だ）

そんなことを考えながら無意識にニヤリと唇を歪めた。

それにあのマデリーンが花を欲しがるとは思えなかったからだ。

「はっ、そんな花を渡すつもりか？　マデリーンが喜ぶとでも？」

「えぇ……マデリーン様の好きな花ですから。いつも綺麗だと言ってくださいます」

「好きな花、だと？　マデリーンが？」

「兄上はマデリーン様の好きな花も知らないのですか？」

「あの女の好きな花など別に興味はない」

「………。そうですか」

ドウェインの手にあるのは上を向いて咲き誇る向日葵の花束だ。

（マデリーンがこんな温かみのある花を好きだと？　信じられない）

どちらかと言えば百合や薔薇などの派手で香りの強い花を好みそうだ。

それに、気まぐれで宝石やアクセサリーを大量に贈ってやっても淡々としているマデリーンが花をあげただけで喜ぶとは思えなかった。

何を渡しても喜んで次をねだるローズマリーと違って、『民からいただくものは大切に使わねばなりません』などとつまらない反応を示すのがマデリーンだ。

それに『昨日の今日で用意できなかった』と言い訳するつもりで手ぶらで来たというのに、ドウェインのせいでそれも言えなくなってしまうではないか。

ウォルリナ公爵に今更媚を売ったところで、ドウェインは王位を手にすることはできないというのに。

（チッ……気の使えない奴め）

公爵邸に着き、馬車から降りると、つんとする潮風の匂いを感じた。

パトリックは、一面に海を見渡せる崖のような場所に建つウォルリナ公爵邸と公爵が苦手で、婚約してからもほとんどこの場所に訪れたことはない。用事がある時はいつもマデリーンを城に呼び出している。

火を使う王家とは対になる水。だからこそ公爵家の中でも一番、重要視されているのかもしれない。

風の公爵は自由で気まま、土の公爵は義理堅い。そして水の公爵は冷たく、厳しく、恐ろしいイメージがあった。

（皆がウォルリナ公爵に怯えている……俺が王になったら、シーア侯爵と共にこの制度をどうにかしてやろう）

久しぶりに訪れたウォルリナ公爵邸は妙に静かだった。

従者たちは丁寧に腰を折っているが、明らかにこちらに敵意を向けているように感じた。

廊下を歩いて行く度に突き刺さる鋭い視線に、パトリックは居心地の悪さを覚える。

だが、恐らく毒魔法を使うドウェインを恐れてのことだろう。

それよりもパトリックの頭の中はローズマリーのことでいっぱいだった。

昨日は会えなくて悲しんでいないだろうか。伝言はキチンと伝えられただろうか。

（ローズマリーは俺がいないとダメだからな……早く見舞いを終わらせて会いに行くのもいいな）

マデリーンの部屋の前。

いつもより数倍、厳しい表情をしたウォルリナ公爵が立っていた。

目が合った瞬間、パトリックはあまりの恐ろしさに肩を揺らす。

しかし隣にいるドウェインは鈍いだけなのだろうか。堂々としている。

(痩せ我慢を……！　それにしても今日はいつもに増して恐ろしいな)

ジリジリと感じる魔力の波にゴクリと唾を飲み込む。

「パトリック殿下、ドウェイン殿下……ようこそお越しくださいました」

「……あ、あぁ」

「ウォルリナ公爵、マデリーン様の様子は……っ？」

「それが……」

珍しくウォルリナ公爵が瞼を伏せている。

言葉に詰まる公爵を見て、ドウェインは大きく目を見開いた後、彼に掴みかかるような勢いで問いかけた。

「ッ、マデリーン様はご無事なのですか⁉　まさか昨日の伝言の後に容態が急変して……⁉　もしマデリーン様に何かあったら僕は……っ！」

「ドウェイン殿下、どうぞ落ち着いてくだされ」

ウォルリナ公爵が声をあげる。

「元気、とは言い難いためお伝えしておりませんでしたが、命に別状はございません」

「よかった……本当によかった」

ドウェインはその言葉を聞いてホッと息を吐き出している。

パトリックは心の中で舌打ちしつつも、周囲からの視線を感じて、すぐにホッとしている表情を作る。

「本来であれば落ちている途中か水面に叩きつけられたときに意識を失い、波に飲み込まれて沈んでしまうところですが……無意識に魔法で水の助けを借りたのでしょう、波がマデリーンの体を浜まで運んでくれたようです。ただ、その時はもう意識がなく……」

「……！」

ウォルリナ公爵は珍しく眉を寄せた。

その後に自らを落ち着かせるためか、大きな溜息を吐き出す。

「幸い、直前のマデリーンの様子がおかしかったと侍女たちが捜しに出ていたため、すぐに救い出してくれました。私たちにも知らせを聞いてすぐに飛んできた次第です」

「記憶は失っても、お怪我もしてないのですね。安心いたしました」

「ええ、正確には足に少々怪我をしておりますが、残る傷ではございません。ドウェイン殿下……娘を、マデリーンを心配してくださり、ありがとうございます」

ウォルリナ公爵が深々と頭を下げる。

「しかしどうして、こんなことをしたのか……」

そして次の瞬間、ウォルリナ公爵は何故かこちらを鋭く睨みつけた。

何もかも見透かすようなアクアブルーの瞳に、パトリックはたじろぐ。

ウォルリナ公爵は以前からそうだ。

マデリーンとの婚約も、彼だけは露骨な票集めだと見抜いて、最初は反対していたらしい。

『本当にそれでいいのか？』と何度も問われたとマデリーンも言っていた。

しかし彼女が譲らなかったために最終的には、渋々婚約を了承したと聞いた。

そんな時、パトリックはあることに気付く。

まさかと思いつつ嫌な予感に心臓がうるさく脈打っていた。

(マ、マデリーンが勝手に海に飛び込んだだけだろう……？)

ウォルリナ公爵はドウェインと話している時は柔らかい表情を作っている。

周囲の使用人や侍女たちも同じだった。

対して、パトリックに向けられるのは殺意のこもったような視線だ。

(まさか……勝手に飛び降りたくせに俺のせいにしているなんてことはないよな？　あのプライドが高いマデリーンが俺たちのことを告げ口するなんてあるわけがない！)

嫌な予感を感じつつそんなことを考えていると、ウォルリナ公爵が内ポケットからある封筒を取り出した。

それはよくマデリーンが使っているものだ。

「マデリーンの部屋には、こんな手紙がありましてな。侍女たちが泣きながら、私たちに説明してくれたんですよ」

そう言ったウォルリナ公爵はパトリックにギロリと鋭い視線を送った後にマデリーンの手紙を読み上げた。

——お父様、お母様、お兄様へ
すべてはわたくしの力不足が原因です。
この手紙にわたくしの思いをしたためさせていただきます。

いかにもマデリーンらしい言葉から始まった手紙をウォルリナ公爵が読み進めるうちに……血の気が引いていくのを感じた。

パトリックとローズマリーとの関係に悩んでいたこと。

卒業パーティーにドレスを贈られないばかりか、エスコートはできないと言われたこと。

最近はローズマリーのそばにいるパトリックの姿が目撃されるため、学園での評判も下がりつつあること。

それらが切々と書かれていた。

隣にいるドウェインからは軽蔑の眼差しが送られ、周囲にいる侍女や従者たちから刺さる視線は、まるで針のようにじわじわとパトリックを責め立ててくる。

パトリックの全身には冷や汗がじんわりと滲む。信じられない気持ちだった。

あのプライドの高いマデリーンがこんな手紙を残すとは思えなかったからだ。

元平民のローズマリーに負けたという事実を家族には知られたくはないだろうと。

だから何も言わずにいるに違いないと思い込んでいた。

それにマデリーンの目の前でローズマリーと共にいても、マデリーンの周りにいる令嬢たちが『はしたない』『マデリーン様がいながら信じられない』と言うだけで、マデリーン自身は取り乱すこともなく、ローズマリーとの関係を強く咎めたことなど一度もなかった。

今回のパーティーでドレスをローズマリーに贈ることを伝えた時も、エスコートできないと言った時もマデリーンは淡々と『そうですか』と答えただけだった。

すべては、そんなマデリーンの性格を見越した上の作戦だったはずなのに。

(クソ、どういうつもりだ。今まで何も言わなかったくせに、突然このタイミングで手のひらを返すようにウォルリナ公爵に告げ口するとは卑怯な奴めっ)

それにマデリーンは口癖のようにこう言っていた。

『お父様とお母様はお忙しいですから』

ウォルリナ公爵は、乾季や夏季には各地を回っている。

現在も国の一部で雨が降らない日が続いているため、そちらへの支援に行っていたはずで、卒業パーティーが終わるまでにウォルリナ公爵邸に帰ってくることはない見込みだった。

何があっても強がり続けて周囲に頼ろうとしない彼女の性格をずっと見てきた。

可愛げのない女だと思いつつ、そんな部分を利用していたのだ。

(まさか、こんな形でローズマリーとの関係がウォルリナ公爵にバレてしまうなんて……っ)

前にいるウォルリナ公爵からは押し潰されてしまいそうな圧力と怒気を感じていた。

「この件について……パトリック殿下の口から詳しく説明を願えますかな?」

「…………そっ、それは」

「私の前で納得できる答えをいただきたい……今すぐに」

畳み掛けるように尋問をするウォルリナ公爵と目を合わせることもできないまま言葉を詰まらせていた。

ここでは自分を助けてくれる人間も逃げ場もない。

それがわかったうえで、ウォルリナ公爵はあえてこの場で問いかけているのではないか……そう思わずにはいられなかった。

パトリックが押し黙っていると、ウォルリナ公爵の語調が変わる。

「手紙には涙の跡がありました。マデリーンは思い詰めて、ずっと言えずにいたのでしょう……！　そんな時に我々は仕事ばかりで、マデリーンと話をする時間すら取ってあげることができなかった」

「……ッ!?」

「…………」

「昔から私たちを気遣ってばかり。我慢させてばかりいました……っ！　もっとマデリーンを気にかけてあげられていたらと、皆で後悔しているところです」

いつも厳格で無表情な彼が、こんなにも感情を荒らげる姿などパトリックは初めて見た。

そんな状況に困惑したパトリックは名前を呼ぶしかなかった。

「ウ、ウォルリナ公爵……」

「……こんなに追い詰めてしまうまで娘を苦しませていたなんて、親失格だ。マデリーンはきっと我々のことを恨んでいるでしょう。もっと時間を取ってあげられたのなら……こんなことにはっ！」

ウォルリナ公爵が持っている手紙がチラリと見える。

綺麗な文字がところどころ、濡れて歪んでいた。あのマデリーンが本当に涙を流していたというのだろうか。

一瞬、パトリックの胸の奥にチリチリとした痛みが走る。

そんな時、今まで黙っていたドウェインが声を上げた。

「そんなことはありません。マデリーン様はいつもウォルリナ公爵たちを想っていました。国民のために王国を駆け回るお二人を尊敬していると僕に話してくれたんです……！」

「……ドウェイン殿下」

「マデリーン様は公爵たちを愛しております。間違いありません」

「ドウェイン殿下、ありがとうございます」

グッと唇を噛み締めた公爵がゆっくりと顔を上げる。

そして一瞬で雰囲気が切り替わり、元の厳格なウォルリナ公爵に戻ってしまう。

「取り乱して申し訳ございません。さて、話を戻しましょうか。我々には疑問に思うことがありましてね。パトリック殿下、ご説明がいただけないのでしたら、はいかいいえだけで構いません、答えていただけますかな？」

「……っ」

「我が娘を蔑ろにして、シーア侯爵の養女であるローズマリーと愛を育んでいたそうですが……これは今まで王家に尽くしてきた我々を侮辱する行為と捉えてもよろしいですかな？」

「……お、俺は別にっ」

「もしも、この手紙に書いてあることがすべて真実ならば、我々は徹底的に対抗する所存です」

「なっ……!?」

「マデリーンのためならば、この命が尽きたとしてもパトリック殿下と共に王都を水ですべて飲み込んでみせましょう」

低く地を這うような声でウォルリナ公爵は言った。その発言は明らかに冗談ではない。

パトリックは震えが止まらなくなっていた。

(このままでは俺の輝かしい未来が……！　どうすればいいんだ。ウォルリナ公爵を怒らせたなどと知られたら父上と母上にどう言い訳すればいい？　クソッ、こんな時に限ってシーア侯爵の知恵も借りられないとは)

パトリックは改めてウォルリナ公爵の恐ろしさを知る。

父やシーア侯爵ならまだしも、自分に彼を止めることなどできはしない。

どうにかしてこの場だけでも切り抜けるために、パトリックは震える唇を開く。

「ちっ、違います。ローズマリーとは……ローズマリーとはっ、ただの友人で」

「ほう……？　私はマデリーンの手紙を読み上げたはずですが。『今回、パトリック殿下はローズマリー様にドレスを贈ったようです。卒業パーティーでは、わたくしではなくローズマリー様をエスコートすると仰っていました。わたくしは一人でパーティーに参加することになるでしょう』、と……」

「そ、それは……元平民で、何も知らないローズマリーにっ、色々と教えてあげようと……そう、そうです！　ただの親切心ですよ。ハハッ」

「わざわざ卒業パーティーで？　それに婚約者がいる者が友人とパーティーに参加するルールが、このガイナ王国にはありましたか？」

「……ッ！」

「そして、『もうすぐわたくしはきっと婚約を一方的に破棄されるでしょう』……手紙にはそう書かれているのですよ？」

「そんな、マデリーンには……っ！」

何故マデリーンが計画のことを知っているのか。そう思うあまり口から勢いよくでた言葉。パトリックは思いきり口元を押さえた。

やってしまった……そう思った瞬間にはもう手遅れだった。

「パトリック殿下は、この内容が事実だとお認めになるのですね？」

「いや、違う……！　ちゃ、ちゃんと、マ、マデリーンのドレスも用意してあるんだ」

「はっ……本当ですかな？」

「本当だ。なぁ、ドウェイン……！　お前も見ただろう？」

「僕は知りません」

冷たい表情のドウェインは淡々と答えた。

「なっ……！」

「この件は、国王陛下を交えてじっくりとお話しさせていただきます……そして並行して、マデリーンの友人や学園に、調査への協力を依頼します」

「…………え？」

パトリックは呆然とするしかない。

「私はマデリーンを信じております。ですが、やはり証拠がなければ、パトリック殿下を徹底的に追い詰めることはできませんからな」

「ウォ、ウォルリナ公爵……！　これはっ」

「そうですなぁ……シーア侯爵にもどういうつもりなのか、じっくりと話を聞きたいところだ。パトリック殿下、詳しくは陛下の前で説明していただきましょう。もし嘘をつこうものなら……」

「…………ッ」

パトリックはうまく弁明することができずに焦りを感じていた。

これは自分の落ち度でもあるが、マデリーンに何も言われなかったこともあり、学園ではローズマリーとの関係を隠さず堂々としていた。

今すぐに動かれてしまえば皆の口を塞ぐこともできないではないか。シーア侯爵に手を回してもらう時間すらない。そもそも口止めするにしても人数が多すぎる。

それを見越してウォルリナ公爵は言っているのだろう。

パトリックの額からはダラダラと汗が流れていく。

（どうすればいい⁉　どうすればローズマリーとのことがバレずに済むんだ……！）

このままでいけば自分がどうなるのか、安易に想像できる。

死刑宣告を目の前で受けているような気分だった。

このままでは卒業パーティーが終わった後にローズマリーと結ばれる計画が台無しになってしまう。

それどころか、周囲はローズマリーとの接触を許さない。

ローズマリーと離れること、それだけは耐えられそうになかった。

（ローズマリーになんて言い訳をすればいいんだ……マデリーンは何故こんなことした？　もっとプライドの高い女だと思っていたのにっ）

卒業パーティーにはすべては丸く収まるはずだった。

しかし事態は悪化して、逆方向へと進んでいく。このままだと自分の立場すら危うい。

パトリックが追い詰められて唇を噛んでいると、こちらを見下すように視線を送っていたウォルリナ公爵は冷めた声を出す。

「すぐにでも証拠を突きつけたいところではありますが………今、マデリーンの記憶は抜け落ちてしまっている。これが本当なのか……本人に確認を取ることすらできない状態です」

それを聞いてパトリックは歓喜した。

神はまだ自分を見捨ててはいない。まだまだチャンスはあるのではないだろうか、と。

手紙を書いた当の本人が覚えていないのだから、これ以上追及しようにも確信を得ることができない。まだ時間が掛かるのではないだろうか。

その間にシーア侯爵に相談すればいいのだ。

なんとかウォルリナ公爵を退ける方法を考えなければならない。

(今は調査をするよりもマデリーンのそばにいた方がいいと言えばいい！　そうすれば、ウォルリナ公爵は今日だけなら屋敷に留まるかもしれない……その間にシーア侯爵の元にっ)

ウォルリナ公爵は思っていたよりもずっとマデリーンを気に掛けている。きっとうまい抜け道があるはずだ。

(まだまだチャンスはある。どうにかして対策を練るんだ。待っててくれ、ローズマリー！)

一筋の光が見えたような気がした。

しかし、見透かすようにウォルリナ公爵のナイフのような言葉が飛ぶ。

「マデリーンの記憶について、医師は一過性のものではないかと言っております。憎い相手の顔を見れば、何か思い出すかもしれません」

「……！」

「本当は会わせたくないが、マデリーンがもしも何かを思い出してくれるのなら仕方ない……」

ギリギリと奥歯が擦れる音、ウォルリナ公爵は怒りを抑えているようだ。

「ひっ……！」

小さく喉の奥から音が漏れた。ウォルリナ公爵らすぐに胸に手を当てて自らを落ち着かせるように息を吐き出した。

「……ですから、殿下たちにもマデリーンの記憶が戻るように手伝っていただきたい」

「僕が役に立つのならば喜んで」

「……も、もちろん俺だって、こんな痛ましいことがある前にマデリーンの気持ちを察してあげられたらと思っている！」

ウォルリナ公爵の眉がピクリと動く。

隣にいるドウェインは吐き捨てるように言った。

「……そう思っているようには見えませんけどね」

「っ、なんだと⁉」

ドウェインの生意気な態度は気に食わないが今は自分の身の潔白を証明することが優先だ。

「き、記憶が戻ったらマデリーンに直接聞いてみてください！　俺が嘘などついていないと証明できますから」

「ほう……それは楽しみですな」

なんとかこの場を切り抜けることができたようだ。

「もっとも、マデリーンの記憶が戻らずとも必ず私が暴いてみせますがね」

「……ッ！」

ウォルリナ公爵の言葉にパトリックは体を固くした。

どうやら残された時間は、パトリックが思ったよりないようだ。

ウォルリナ公爵に案内されるがまま青い絨毯がひかれた廊下を歩いて行く。

ウォルリナ公爵が真っ白な扉をノックすると、ゆっくりと扉が開いていく。

侍女が丁寧に腰を折る。

「マデリーン……私だ、入るぞ」

幼い頃に数回しか入ったことがないマデリーンの部屋は、今では随分と様変わりしていた。

可愛らしかった家具は、シンプルにクリーム色と青色で統一されている。

年頃の令嬢とは思えないほどに大人びた部屋。

そしてベッドに腰掛けて本を読んでいる美しい女性に目を奪われた。

窓から吹き込む風にアイスブルーの長い髪がサラリと流れる。

「……お父様？」

こちらに気付くと読んでいた本を置いてから、そっと髪を耳に掛けた。

優しく微笑む女性に頬が赤く染まっていくのを感じる。

「マデリーン、起きて大丈夫か？　調子はどうだ」

「はい、ありがとうございます。ですが、まだ何も思い出せなくて……」

「マデリーン、ゆっくりでいいんだ。無理ばかりしていたから、このようなことに……っ」

「…………!?」

そう言ったと同時に、ギロリとウォルリナ公爵の視線がパトリックに突き刺さる。

「ですが何かしていないと落ち着かなくて。それにお父様にも申し訳ない気持ちでいっぱいですわ」

マデリーンは悲しげに瞳を伏せた。いつもはグルグルに巻いているアイスブルーの髪は、何も手を加えていないのかストレートでおろしている。

化粧をまったくしていないのか、いつもの派手で大人びた印象が消えていた。少女のようなあどけなさが庇護欲を誘う。

いつもの氷のような冷たい表情は一転して、そこには柔らかい笑みを浮かべているマデリーンの姿がある。

今までの彼女とは別人のようだ。

（…………美しい）

飾り気のない姿を見て素直にそう思った。

サファイアブルーの瞳は不思議そうにパトリックとドウェインを見つめている。

「あの、お父様……そちらの方々は？」

マデリーンは困惑したように笑いながらコテンと首を傾げる。

記憶喪失と聞いて半信半疑だったが、こうしていつもとはまったく違うマデリーンの姿を目の当たりにすれば、やはり本当なのだと実感した。

（信じられない……本当に俺たちがわからないのか？）

それは隣にいるドウェインも同じようだ。

大きく目を見開いてマデリーンを見ていた。暫く沈黙が続いている。

「……あの」

何も言わないことが気になるのか、マデリーンは眉を寄せて困惑している。

ウォルリナ公爵の視線を感じて、パトリックは慌てて口を開いた。

「俺はパトリックだ。この国の第一王子で……」

「第一王子殿下、ですか……？」

「そうだ」

「……どうしてここに？」

マデリーンは不思議そうにしている。

するとウォルリナ公爵はマデリーンに説明するように告げた。

「パトリック殿下とマデリーンは婚約関係にあったんだ」

「え………？」

マデリーンはひどく驚いた表情でウォルリナ公爵の顔を見た。

ウォルリナ公爵が肯定の意味を込めて頷くと、マデリーンは先ほどとは一転して泣きそうな顔をしている。

そして胸元を両手で押さえ、苦虫を噛み潰したような顔でパトリックを見ているではないか。

「お父様………本当にわたくしはこの方と？」

「ああ、そうだ。何か思い出せそうか？」

「……っ」

マデリーンはチラリともう一度パトリックを見る。動揺しているのか瞳は左右に揺れ動いていた。

気まずい沈黙が流れた後、自らを落ち着かせるように大きく息を吐き出したマデリーン。

微かに震える唇から言葉が漏れた。

「あの……わたくし」

「何でもいい……教えてくれ。マデリーン」

怯えて視線が流れたマデリーンと目が合い、あまりの可愛らしさに心臓がドキリと音を立てた。

(普段から今のようにしおらしければ、俺だって少しはマデリーンを愛してやったのに……!)

そう思っていた時だった。

「本当にいいのでしょうか?」

「……ゆっくりでいい。話してくれ」

ウォルリナ公爵がマデリーンの様子を見兼ねて、そばにあった椅子に腰を掛けてから優しく背を撫でる。

するとマデリーンは信じられないことを口にした。

「今日、初めてパトリック殿下とお会いした、とわたくしは認識しているのですが、何と言ったらいいかわかりませんが……嫌悪感に近いもので胸がいっぱいですわ」

「───はっ⁉」

「お顔を拝見しているだけでも、胃がムカムカして吐き気がします」

そう言ってマデリーンは真っ青な顔をして口元を押さえる。

パトリックは怒ることも反論することも忘れて、言葉が出ずに固まっていた。

マデリーンは体をガタガタと震わせ、怯えるようにして、ウォルリナ公爵の腕にしがみついている。

「すごく嫌な気持ちで涙が出そうになるのです。何故でしょうか……」

「なっ……！」

「それに……苛立ち、でしょうか、それに近い感情が湧き上がってくるのです。お父様、わたくしたちは本当に婚約関係だったのですか？」

ウォルリナ公爵はマデリーンの言葉を聞いて眉を寄せた。マデリーンは明らかにパトリックを拒絶している。そう思った。

「マデリーン、詳しく説明してくれ」

「王族の方にこんなことを申し上げるのは失礼だとは重々承知しておりますが、なるべくこの方と顔を合わせたくありませんわ。すごく嫌な気持ちになります」

「なるほどな。記憶になくともマデリーンはパトリック殿下のことを嫌っているのか。顔も見たくないほどに……」

「ちょっ……待ってください！　マデリーンはっ」

「嫌っ……！」

「………ぁ」

強く声を上げた瞬間、目に涙を溜めたマデリーンはウォルリナ公爵に縋りつくように服を掴んで顔を埋めてしまう。

ウォルリナ公爵もマデリーンの肩に手を置き、心配そうにしている。

（一体、何が起こっているんだ……？）

マデリーンに無礼だと怒ることも忘れて、ただ次々と聞かされる拒絶の言葉を聞きながら、パトリックは呆然とするしかなかった。

（俺はマデリーンにこんなにも嫌われていたというのか？　記憶がないにもかかわらず拒否するほどに……）

いくら邪険に扱っても、文句を言ったとしてもマデリーンはパトリックのそばから離れようとしない。

だからマデリーンは自分のことを好いているのだと思っていた。

しかし実際はどうだろうか。もし今の言葉がマデリーンの本音だとするならば、心の中ではパトリックを拒絶していたことになる。

顔も見たくないどころか吐き気を及ぼすほど……

マデリーンにこんなにも嫌われていたのだと思うと、驚きを隠せなかった。

（じゃあ何故、今まで嫌だと言わなかったんだ？　何も言わなかったくせに今更どうして……！）

ゆっくりと顔を上げたマデリーンは申し訳なさそうにパトリックを見ている。

「申し訳ございません。初対面の方にこんな暴言を……ですが、何故か我慢できなかったのです」

「……いいんだよ。マデリーンには随分と無理をさせてしまったようだ。やはりすぐにでも手続きに向かうべきだな。私はもう我慢できそうにない。これだけマデリーンから証言を聞けばもう十分だな」

「――っ!?」

「お父様……？」

「マデリーン、お前は何も心配しなくていい。さぁ、パトリック殿下、今から城に向かいましょう」

「は……!?　……ま、待ってくれ！　これだけでは証拠にならない。それに心配ならばマデリーンのそばにいるべきだ！」

「パトリック殿下に心配されずとも大丈夫です。私はマデリーンのために動くと決めたのだから」

「いや……だがっ」

パトリックがウォルリナ公爵と言い争っていると、今まで成り行きを見守っていたドウェインがスッと前に出る。

そして困惑しているマデリーンの前に跪いた後に、そっと花束を渡して優しげな微笑みを浮かべた。

「マデリーン様、はじめまして。僕はドウェインです」

アメジストのような紫色の瞳が優しく細められる。

マデリーンが先ほどのように暴言を吐くこともなく笑みを返す。

「マデリーン、この方は第二王子のドウェイン殿下だ」

ウォルリナ公爵がそう言うと、ドウェインはマデリーンに視線を合わせる。

「マデリーン様、これを受け取ってください」

「まぁ……綺麗！」

マデリーンは目を輝かせて、ドウェインから向日葵の花束を受け取った。

「マデリーン様が好きな花……ですよね？」

「はい、向日葵は大好きな花ですわ。ありがとうございます！」

花を受け取るとマデリーンは満面の笑みを浮かべている。

彼女のこんな笑顔を見たのはいつぶりだろうか。

（……マデリーンはこんな顔もできるのか）

驚いていると、ドウェインは安心したようにホッと息を吐き出した。

「ですが、どうしてわたくしの好きな花を知っているのですか？」

「覚えています、全部……あなたのことは」

頬をほんのりと赤く染めたマデリーンは、ドウェインからスッと視線を逸らす。

自分の時とマデリーンの態度が明らかに違う。

ドウェインもまた、今まで見たことがないほどに優しい笑顔を浮かべている。

（何故ドウェインとは普通に話すんだ？　ドウェインを見て、気持ち悪いと思わないのか？）

パトリックが考え込んでいる間、ドウェインとマデリーンの会話は和やかに続く。

二人の会話は弾み、ウォルリナ公爵もそれを嬉しそうに眺めている。

マデリーンのことなどどうでもよかったはずなのに、ここまで違いを見せつけられてしまうと悔しくて堪らなかった。

(マデリーンは俺の婚約者なんだぞ!?)

今のマデリーンのままならば手放すのは惜しいと、そんな気持ちが込み上げてきた。

「マデリーン様が元気そうで本当によかった」

「ドウェイン殿下はどうしてそんなにわたくしを気に掛けてくださるのですか?」

「それはマデリーン様が……」

ただならぬ雰囲気を感じて、パトリックは見つめ合う二人の間に割って入る。

「俺を無視して話を進めるな……!」

マデリーンと目が合った瞬間に、先ほどの柔らかい笑みは消えて、再び表情に怯えと嫌悪感が滲む。

冷やりとした汗が背中に伝った。勢いのまま言葉を発した。

「そ、そろそろ帰るぞ……ドウェイン!」

ここで、信じられないことが起きる。

「ドウェイン殿下、もう行ってしまうのですか?」

「……なっ!?」

マデリーンがドウェインを引き止めたのだ。

「そんな顔をされると、ずっとここにいたくなります」

「あっ……すみません。わたくしったら……」

「いえ、とても嬉しいという意味ですよ」

「ドウェイン殿下……」

「おいっ！　俺がいながら……っ」

「パトリック殿下だけお帰りになられたらいかがですかな？」

「──ッ！」

ウォルリナ公爵にそう告げられ、パトリックは怒りと恥ずかしさから顔が真っ赤になるのを感じた。手のひらを握り込みながら「失礼するっ」と言ってマデリーンの部屋を後にした。

「マデリーン様、また来てもいいですか？」

「はい、是非……」

ドウェインがその会話を最後に名残惜しそうに部屋を出たことなど、知る由もない。

＊　＊　＊

そんなドウェインの後ろ姿を追いかけるように、マデリーンは扉を見つめていた。

「大丈夫か？　マデリーン」

「はい、お父様」

「こうしてマデリーンとゆっくり話すのは久しぶりだな。まるで昔に戻ったようで嬉しいよ」

「はい……わたくしもです。なんだか胸が温かい気がします」

マデリーンが微笑むと父は嬉しそうに咳払いをした。

「嫌な思いをさせてしまったな」

「大丈夫ですわ。お父様が守ってくださいましたから」

「当然のことをしたまでだ。私は今からやることがたくさんある。あの顔と態度を見て確信した。やはりあの男はマデリーンの婚約者として相応しくない。何か手を打たれる前にすぐに動かなければならない」

「お父様……」

「マデリーン、すべて私たちに任せて今はゆっくり休みなさい。辛い記憶かもしれないが、あの男のことで何か思い出したら教えて欲しい」

「はい、わかりました」

「やはりアレは王の器ではなかったようだ。ここまでひどいとは」

「……」

マデリーンは首を傾げた。父はこちらを向いて両手で肩に手を置く。

「マデリーン、必要なものがあれば言うんだぞ？　痛む場所があればすぐに侍女に言って、それから……」

「お父様ったら心配し過ぎです。わたくしなら大丈夫ですから」

「うむ、だが……」

「ありがとうございます。お言葉に甘えて夕食の時間まで休ませていただきますわ……なんだか、すごく疲れました」

「……あぁ、それがいい」

ウォルリナ公爵は大きく頷いている。

「あの、お父様……」

「どうした？」

「今日は、お父様も夕食をご一緒できますか？」

「ああ、もちろんだよ。手早く済ませてくる」

「はい。お待ちしております」

機嫌よく去って行く父の背中を見送った後、サイドテーブルに置かれた花束を手に取った。

「綺麗……」

咲き誇る向日葵は太陽のように輝いて見えた。

いつも上を向いて咲く、この花が大好きだった。

思い浮かぶのは困ったような悲しいような、そして嬉しそうな表情でマデリーンを見ているドウェイン姿。

紫色の瞳と目が合った瞬間、とても切ない気持ちになる。

侍女に花瓶を持ってきてもらうように頼んでから横になった。

次の日、卒業パーティーまであと四日。

マデリーンの元を訪れたのは兄のラフルだった。

「マデリーン、調子はどうかな？」

「ラフルお兄様！」

「今日はマデリーンがよく食べていたお菓子を持ってきたんだ」

「わたくしが食べていたお菓子ですか？」

以前、自分が好きだったというお菓子を眺めながら眉を寄せる。

そんな様子を見兼ねてか、困ったように笑った兄はこのクッキーについて説明してくれた。

砂糖を控えて普通とは違う作り方で作ったクッキーだそうだ。

見た目はシンプルで丸い形をしているが不思議な色味で、あまり美味しそうには見えない。

折角用意してくれたからと一つ皿から摘んで口に運んだ。

パサパサとした粉っぽい食感。甘みもなく、舌にざらりと残る苦味。お世辞にも美味しいとは言えなかった。

喉に張りつくような感覚に胸をトントンと叩いた。

兄は慌てて紅茶を渡してくれる。

少しは食べやすくなったものの、紅茶の味と合わさって更に微妙な後味に変わる。

「あの……持ってきていただいて申し訳ありませんが、あまりおいしくありませんわ」

「ははっ、そうだと思うよ」

皿に残っているクッキーを見て、もういらないと首を横に振る。

「マデリーンはいつも体型に気を使っていたんだよ。あまり甘いものは食べてなかったんだ」

「体型に……？」

それを聞いて引き締まったウエストや自分の体を触る。ガリガリとまではいかないが、肉付きはいい方ではないことは確かだ。

そして兄の後ろにある白い大きな箱に目が行く。

「……その箱は？」

「騎士団の皆から貰ったんだが、こういうお菓子はあまり食べないだろう？　流行りで令嬢からも人気だと聞いたから一応持ってきてみたんだよ」

「お兄様、見せていただいてもよろしいでしょうか？」

「あ、あぁ……」

ラフルは持っていた箱を複雑な表情でマデリーンに渡した。

膝の上に乗せてから蓋を開ける。

「わぁ、おいしそうですね！」

「……！」

そこにはクリームがたっぷりと乗ったカップケーキが入っていた。

自然と笑みが浮かぶほどに可愛らしい飾り付けがされていて、それを見てキラキラと瞳を輝かせた。

しかし先ほどのクッキーとは真逆で、体型を気にしている者にとっては食べたいとは思わないだろう。

マデリーンはカップケーキを箱から一つ取り出した。

ラフルの顔を見て食べてもいいか確認を取りつつも、クリームがたっぷりかかったソレをパクリと口に運んだ。

「ん〜〜！」

「マ、マデリーン!?」

「甘くてとっても美味しいわ……！」

その姿を見たラフルの動きが止まる。

マデリーンがカップケーキをどんどんと食べ進めていると……

「マデリーン、皿とフォークも使わずに……！」

マデリーンを見ているラフルの驚いた様子を見てハッとする。

そして差し出された皿に恐る恐るカップケーキを乗せて、シュンとした表情を作りながら、クリームのついた唇をぺろりと舐めた。

「あの……ごめんなさい。つい」

「……」

「だっておいしそうだったんですもの。すぐに食べたくなってしまって……それにここにはお兄様しかいないからいいでしょう？」

「……ふっ、あはは！　まったく……仕方ない子だ」

目をキョロキョロさせながら言い訳をしていると、兄は吹き出すようにして笑っている。

怒られるのかと思ったが大丈夫だったようだ。

兄は侍女からナプキンを受け取ると、マデリーンに渡して口元を拭くように促した。

「昔はこうしてマデリーンの口についたクリームをよく拭っていたのを思い出したよ。甘い物が大好きで、皿に乗せる前に食べてしまうからいつも注意していた」

「え……？」

「立派な淑女になってからは、こんなことはしなくなってしまったけど、ずっと一緒にいることができたあの時を思い出したよ。とても懐かしいね」

「……ラフルお兄様」

昔の思い出を語りながら嬉しそうに笑っている兄の話を聞きながら、マデリーンは残りのカップケーキをペロリと平らげた。

口いっぱいに広がる甘さと幸せを噛み締める。

「ごちそうさまです。残りはお兄様とお父様とお母様の分ですわ」

「……！」

「わたくし、このカップケーキが大好きになりました」

「そうか！　よかったよ……じゃあ、また買ってこようかな」

「ありがとうございます、ラフルお兄様」

「他に欲しいものはない？」

「はい。お父様とお母様、お兄様がそばにいてくださるだけで、わたくしはとても幸せですわ」

「マデリーン……」

「心に空いた穴が埋まっていくような気がします」

胸元で手を握ると、兄は苦しそうな表情になる。

「マデリーンは小さい頃から我慢強かったね。父上が爵位を継いでから生まれたから、きっと僕よりもずっと寂しい思いをしただろう。僕が子どもの頃はまだお祖父様たちがいたから父上や母上と過ごした時間も多かったけど……マデリーンは」

「ラフルお兄様……？」

「……不安にさせるようなことを言ってすまない」

兄は誤魔化すように、そっとマデリーンの頭を撫でる。マデリーンが唇を尖らせるものの、その表情は嬉しそうだ。

そして思い出したように声を上げた。

「昨日は父上が証拠をかき集めたんだ。今日はシーア侯爵と王家に猛抗議しているみたいだよ」

「……そうなのですか？」

「昨日から屋敷の人間に父上の知り合い、親戚も皆、駆り出されて大騒ぎだ」

それはもちろん、マデリーンと婚約中にもかかわらず、ローズマリーにうつつを抜かしていたパトリックを責め立てるためだ。

どうやらパトリックとローズマリーが堂々と愛を育みあっていたことが仇となり、証拠は山のように集まっているらしい。

「そうなんですね……皆様にご迷惑を。わたくしが早く思い出せればいいんですけど」

マデリーンがそう言うと、兄は首を横に振る。

「その必要はなさそうだよ？」

「……？」

「あぁ、でもこのカップケーキをマデリーンが渡したら、少しは気分が落ち着くかもね」

「どうしてでしょうか？」

「父上、今までずっと仕事人間だと思ってたんだけど、隠していただけで本当は仕事よりももっとマデリーンと一緒にいたかったらしい。僕も知らなかったんだけどね……意外と僕たちは愛されていたみたいだ」

「ふふっ、そうなのですね」

城内や貴族たちの間ではウォルリナ公爵は隠れて娘を溺愛していたと話題のようだ。

人が変わったようにマデリーンのために動いていることで社交界は驚いている。

「あの、お兄様……わたくしは学園にも行けておりませんがいいのでしょうか？」

チラリと学園の制服が掛かっているクローゼットに視線を送る。それから机の上に山積みになっている手紙を見た。

「問題ないよ。怪我もしているし、それに記憶がない状態で卒業パーティーに参加するのは危険だからね」

「なんだか胸がザワザワとするのです」

「マデリーン、少し休んだ方がいい」

「……怪我も歩けないほどではありませんから」

「パーティーでは記憶のないマデリーンを利用しようと近付いてくる貴族たちもいる。心ない言葉を吐く奴もいるかもしれない……マデリーンにはこれ以上、傷ついて欲しくないんだ。これは家族で決めたことだから」

兄は真剣な表情でマデリーンを見ている。

今は足首には包帯が巻かれており、一日の大半はベッドの上で過ごしている。

どうやら海に飛び込んだ際に痛めてしまったようだ。

「無理が祟って、怪我がひどくなったら今度こそ父上が泣いてしまう。おとなしくしていること、いいね？」

「はい、お兄様」

「よし、いい子だね」

再び、兄に頭を撫でられたマデリーンは照れつつも笑みを浮かべた。

兄もそれを見て安心したように微笑む。

「またマデリーンが好きそうなものを持ってくるよ。あとでお母様がマデリーンと話したいと言っていたから、大丈夫だったら侍女に声を掛けてくれ」

「わかりましたわ」

「無理せずに、ゆっくり休むんだよ？」

父と同じで兄も心配ばかりしている。マデリーンは微笑みつつも頷いた。

「ふふっ、ありがとうございます」

「いいんだよ、マデリーン」

「お兄様が来てくださって、とても嬉しかったです」

兄は嬉しそうに手を振りながら部屋を出たかと思いきや、もう一度扉から顔を出して「本当に無理をしないように」と念を押してきた。マデリーンが返事をすると部屋から出て行く。

マデリーンは一人になった部屋で小さく息を吐き出した。

そして……ガタガタと震える手で両頬を押さえて体を丸める。

（わっ、わ、わたくし……恥ずかしくて死んでしまいそうだわ！）

真っ赤に染まっていく頬。自分が言っていたことを思い出して顔から火が出そうだ。

平然とできたことが信じられない気分だった。

（うぅ……処刑回避のためとはいえ、わたくしはなんてことを！　なんてことをっ）

羞恥心で心が押し潰されてしまいそうである。

だけど父も母も兄も、マデリーンがわがままを言っても、マナーを守らなくても、落胆したり、嫌がったりすることはなかった。

それどころかマデリーンが喜ぶと嬉しそうにしてくれる。胸元で手を握りながら、ホッと息を吐き出した。

なんとか気持ちを落ち着かせたマデリーンはベッドから引き出しの奥に手を伸ばす。

古びた日記帳を取り出した後、そっと抱きしめた。

（想像以上に作戦はうまくいってるわ。大丈夫よ、マデリーン）

マデリーンがあの時、絵本を見て閃いたこと。

それは絵本の少女と同じように、海に飛び込んで記憶喪失になることだった。もっとも、マデリーンの場合は正確には、記憶喪失のふり、である。

記憶を失くせば学園に行けなくなり、卒業パーティーに出ることはできなくなるだろう。

マデリーンの書き置きを見た父が予想以上に激昂し、パトリックとローズマリーを追い詰めるためにすぐに動いてくれたのは嬉しい誤算といえる。

医師はマデリーンの普段とあまりにも違う性格に目を疑い、一過性の記憶喪失だと判断するしかなかったようだ。

過激な方法ではあるが、新しい自分に生まれ変わるため、そして、この現状を打破して自分の命を守るために選んだことだった。

忙しい両親を困らせてしまう。周囲に心配を掛けてしまう。そうわかっていたけれど、これが今の自分に出来る精一杯の方法だ。

今思えば、頭の固い自分にはこのくらいの刺激は必要だったのかもしれない。

もっと他にいい方法が思いついたのかもしれないと思うこともあるが、あの時は怒りと悲しみや絶望で頭がどうにかなってしまいそうだ。

（まるで昔の自分に戻れたみたいで心が軽いわ）

立派な淑女でなくても家族はマデリーンを愛してくれる。

そう実感できるだけで涙が出るほどに嬉しいのだ。

今になって改めて言えることだが、自分の気持ちを思う存分吐き出せると、心が軽い。

昨日のパトリックに関してもそうだ。彼の反応には、マデリーンが消えていなくなればローズマリーを堂々と選べるのにという悔しさが見えていた。

父をこの屋敷に引き留めようとしていたことを考えると、ローズマリーとの関係がバレないようにしたいのだろう。

そのくせマデリーンが拒絶する態度を見せるまでは、満更でもない表情を見せていた彼に嫌悪感でいっぱいだった。

今まで溜めてきた不満は山ほどあったが、初めて自分の気持ちを堂々と本人にぶつけることができて清々しい気分だ。

その時のパトリックの表情を思い出すだけで胸がスッとする。

今までパトリックとローズマリーの関係を黙っていたのだって、公爵令嬢として、王子の婚約者として正しい行いをと意識して全部我慢していたに過ぎない。

苦しいことも辛いこともすべて飲み込んで、自分の気持ちもあってないようなものだった。

（……わたくしったら、本当に駄目ね。あんな男にしがみついていたって明るい未来なんてあるわ

けないのに）

ずっと物語のような関係性に憧れて、二人で作る幸せな未来を夢見ていた。

（あの日約束したとおり、互いに高め合うような、そんな関係になりたかったけど……）

あのままパトリックと結婚していたらどうなっていただろうか。

そう思うと震えが止まらない。きっとずっと思い悩み、苦しくて辛いままだっただろう。

もし卒業パーティーを乗り越えたとしても待ち受けていたのは間違いなく地獄だ。

自分の思いを伝えて、助けを求めたことで、状況が変わった。本当によかったと思う。

（命の危機は去ったけれど……わたくし、これからどうなるのかしら）

パトリックとの婚約は、おそらくそう遠くないうちに解消されるだろう。しかし、その後のことが問題だ。

ウォルリナ公爵家には迷惑をかけないようにしたい。

兄であるラフルが公爵家を継ぐことは決まっており兄の婚約者のリリアンとも面識があるため、すぐに追い出されることはないとわかっており安心ではあるが、この年では婚約できる相手も限られてしまう。

それならば今まで鍛え上げてきた魔法を使って国の役に立ちたい。

（魔法研究所の職員として働けたらいいのに……もしくは、国中を飛び回って、お父様やお母様のように国民を助けたいわ）

はたして婚約を解消して待ち受けているのは幸せだろうか。

今まで一つの道しか見えていなかったため、初めて直面する先の見えない未来に不安を感じていた。

マデリーンは大丈夫だと言い聞かせるように頷く。

(弱気になってはダメ。お父様にもお母様にもお兄様にも〝もっと頼っていい〟と言われたばかりじゃない。弱気になるなんてわたくしらしくないわ。きっとわたくしの力を必要としてくれる人がどこかにいるはずよ!)

自分を落ち着かせるように心の中で呟いていた。

記憶喪失だと嘘をついていることは家族に申し訳ない気持ちで一杯だったが、そこまでしなければ本当の自分を曝け出せないだろう、という推測は正しかったようだ。

(……どこまでわたくしは不器用なのかしら)

先ほどの兄であるラフルとのやり取りもそうだ。

(きっと、お兄様は今までずっとわたくしに気を遣ってくれていたのね)

先ほど騎士団から貰ったと言いながら『そうか! よかったよ……じゃあ、また買ってこようかな』と言ったことを聞き逃さなかった。

あれは兄がマデリーンのために買いに行ってくれたものなのだろう。

(お兄様はわたくしの好きなものを覚えていてくださったのね。わざわざいつも食べていたクッキーを食べさせてから確認してくれたんだわ)

こうして兄と過ごす時間が増えてから、忙しい父と母の代わりに、年が離れている兄がいつも一緒に遊んでくれていた日々をよく思い出すようになった。

今思えば兄も同年代の令息たちと一緒に遊んだり、一人の時間を過ごしたりしたかっただろうに。嫌な顔一つせず、人形遊びに付き合ってくれたり、海で魔法を見せてくれたり、昔から甘い物が得意ではないのに一緒にケーキを食べてくれた。

『ほら、マデリーン。またクリームがついているよ』

ケーキを頬張りながら嬉しそうに食べていたことが兄にとってはよほど印象的だったのだろう。

(わたくしを喜ばせようとしてくれたのね……お兄様、泣きそうになりながら笑ってたわ)

王妃になるために完璧を目指して、体型に気を使うようになってからは、好きなものを食べる楽しみもなくなっていた。

(わたくしをちゃんと見ててくれた。離れていてもわたくしのことを気にかけてくれてた。一人じゃなかったのに……周りが見えなくなって何をやっていたのかしら)

幼い頃から我慢することが当たり前になり過ぎてしまい、いつの間にか当然になっていった。

その当然は積み重なっていき、気付けば家族に頼ることすら忘れていく。

前だけを見ていたつもりが、いつの間にか何も見えなくなっていた。

後ろを振り向けば、両手を広げて待っていてくれる人たちが、こんなにたくさんいたのに。

(こんな風にならなければ、お兄様とお母様の温かい愛情も、冷たく見えて誰よりもわたくしを可愛がってくれていたお父様のことも、気付かないままだったのね)

家族と過ごしてゆっくりできる時間はまるで天国にいるようだった。

笑いたい時に笑って、嫌いな人に嫌いと言える。派手な化粧も、気遣いも重たいドレスも必要ない。

ありのままでいられる。今だけは、取り繕う必要なんてないのだから。

(今まで耐えてきたご褒美かしら……卒業パーティーが終わったら、また頑張りましょう)

マデリーンはいつの間にか流れていた涙を拭う。

古びた日記帳の上に落ちていったのは、怒りでも悲しみでもなく喜びの涙だった。

(ローズマリー様はどうするつもりなのかしら。もう、どうでもいいけど……)

彼女の行いは決して褒められたものではなかった。

パトリックとこうなる前、ローズマリーは婚約者がいる令息たちばかりに話しかけていた。

それも顔がよく身分の高い令息ばかり。その中にはマデリーンに会いにきたラフルも含まれていた。

ラフルは彼女に靡くことはなかったが、それにもめげずに彼女は愛想を振りまいていた。

女性なら何となく察することだが、あれは明らかに計算だろう。

今までは皆を代表してローズマリーを注意していたが、もうそんな責任を負う必要はない。

罪を被せられ、見捨てられるようにして国外に追放される。

そんな未来を知ってしまえば、もう彼女たちのために動こうなどとは思えなかった。

マデリーンのテーブルには令嬢たちから体調を気遣う手紙が山の様に積み上がっている。

卒業パーティーで裏切られる予定だった三人の令嬢の手紙もあった。

仲のいい友人だと思っていたのが自分だけだったかと思うと寂しい気分だ。

いつもならば相手を気遣い、すぐに返信を返すところだが、記憶を失っている設定の今はそれもできはしない。

(もう、疲れたわ……今までしがみついてきたけど手放したらこんなに楽になるのね)

今のマデリーンには何もかも解放されて清々しい気分だった。

自分が婚約を破棄した後、パトリックがローズマリーと婚約したとしても『もう好きにして』という気分だ。

(……あとは、お父様がどう動くかにもよるわね)

ローズマリーは何があってもパトリックと添い遂げるつもりなのだろうか。

それとも他の令息に乗り換えるのだろうか。

どうなるのかはわからないが、パトリックとの縁が切れるのだから、もう気にすることもない。

ふと視界に入るのは昨日、ドウェインが持ってきてくれた向日葵の花だった。

(ドウェイン殿下は、わたくしの好きな花を知っていてくれた……)

ドウェインとは幼い頃からよく顔を合わせている。

パトリックと王位を争っている彼とは話さない方がいいかと気を遣った時期もある。

そんなある時、彼の方から『マデリーン様の考えを聞かせていただきたいのです』と言われて話したことがあった。

魔法の力が弱い人たちでも安心して働ける場を作るためにどうしたらいいのか。

これから国のために民のためにどう動いていきたいのか。

熱心な彼の言葉に惹かれるようにマデリーンは聞き入っていた。

ドウェインの考え方に共感できる部分がいくつもあり、気がつくと熱く語り合っている。

パトリックもこう考えていてくれたらと、何度そう思ったことだろう。

『女のくせにえらそうに……』

『国民の声など関係ないだろう？』

『お前が出しゃばるな』

パトリックは、いつもこちらを見下すような発言を繰り返していた。けれどドウェインは正反対だ。

『女性も活躍できる場をもっと作るべきだと思うのです』

『マデリーン様の努力を僕は尊敬しています』

『是非とも力を貸してください』

ドウェインは紳士的で真面目で気配りもできる。

しっかりと皆が活躍できる場を用意したいと考えて、周りの状況をきちんと把握していた。

それにいつも嬉しそうにマデリーンの話を聞いてくれている。そんな優しさは疲れ果てていた心に響くものがあった。

パトリックではなくドウェインと結婚することができるなら、どんなに幸せだろうか……そう思ったこともある。

ドウェインはいつも何か言いたげにマデリーンを見ていた。

（ドウェイン殿下はこうなることをわかっていたのかしら。だからわたくしに伝えようとしてくれたのかもしれないわ）

何より、志高く己を高めて、民のために人のためにと頑張るドウェインを見て、マデリーンはい い刺激を受けていた。

『覚えています、全部……あなたのことは』

頭に浮かぶのは優しい笑みを浮かべるドウェインの姿だった。

そしてふと、疑問に思う。彼に向日葵や甘い物が好きだと言ったことはあっただろうか。

『マデリーン様が元気そうで本当によかった』

どこか悲しそうに笑う顔を見ていると不思議な気持ちになる。

（……どうしてかしら）

何かが思い出せそうで思い出せない。

カップケーキを食べてお腹が一杯になったこともあり、罪悪感を感じつつ横になる。

（ドウェイン殿下はどうしていつもわたくしのことを気に掛けてくれるの？　もしかして……ううん、ありえないわ）

瞼が重たくなり、そのまま眠りに落ちた。

【第三章　夢見る花の乙女】

卒業パーティーまで、あと三日。

ローズマリーは、豪華な屋敷に響き渡る大きな声と何かが激しく壊れていく音に耳を塞いでいた。

「我々の作戦が台無しではないか、どういうことだ！　一体何故こんなことにっ」

「……っ」

「よりにもよってウォルリナ公爵にバレるなど……クソッ、クソォ！」

養父であるシーア侯爵は手近なものを掴んでは放り投げてを繰り返していた。

でっぷりとしたお腹が揺れている。

床には様々なものが落ちていて、花瓶が割れて破片が散らばっても尚、気は収まらないようだ。

ローズマリーは侍女たちと共に部屋の隅で侯爵の気持ちが落ち着くのをただひたすら待っていた。

耐えて耐えて機会を窺って成り上がっていく。

折角、手に入れた貴族としての地位を絶対に離したくはない。だから何があっても耐えなければならない。

（今までそうだったもの……）

ローズマリーは古びた教会の孤児院で育つ。

食べ物の取り合いは日常茶飯事。今とは違ってボロボロの雑巾のような服を着て、毎日必死の思いで生きてきた。

強い者が手にして弱い者が失う。うまく立ち回っていかなければ、生き残ることすらできない。

幼い頃からローズマリーはそう叩き込まれていた。目の前で弱いものから淘汰されていく。

冷たくなった体はまるでゴミのように土に埋められて終わり。

『どうしてこんなことに……！』

そう言って大人たちは泣いていたけれど、弱ければそうなってしまう。

シスターたちは争うなと言っていたけど、勝ち抜かなければ生きる権利すら手にできないのだ。

彼女たちだって、寄付された金を子どもに使わずに自分たちのために好き放題使っていることは知っていた。

ローズマリーは知っていたけど黙っていた。

にこにことした笑顔の裏に隠れている悪魔のような素顔を見ても誰も何も言わない。言ったところで無駄になる。

それどころか触れてしまえばこの場所にはいられない。

気付いてずるいと泣いていた子は、次の日にはいなくなっていた。

（あーあ、馬鹿な子……）

ローズマリーは生き延びるだけで精一杯だった。

自分の容姿が役に立つと気付いてからは、もう強くある必要はない。

弱くたって、力がなくたって、強い人に頼れば簡単に手に入る。

そのためにはたくさん笑って機嫌をよく見て、相手を褒める。その内、一人に頼りきってはいけないと気付く。

その子が潰れたら代わりがいなくちゃダメだと学んだのだ。

複数の男の子に「内緒だよ」と言って、一番得ができる場所をキープしていた。

ローズマリーはそうやって生き残ってきたのだ。

みんなはズルいと言うけれど、あるものを使って生き残るために自分を生かすことの何が悪いのかわからない。

毎日毎日、その繰り返し。そんな何気ない毎日を過ごしていた時だった。

シスターから屋根裏部屋の掃除を命じられて、古びた布巾を持ちながら、掃除をしていると部屋の端に大きな本棚を見つける。

何か金目の物がないかと探していると、本棚の一番下に埃を被った古い本が見えた。

（……まだ読めるかな？）

本に興味を持ったことがないのに、自分でも驚くほどに中身が気になって仕方なかった。

けれど周りには人がいたため、他の子には見つからないようにスカートの中に隠して、何とかその本を自分の部屋に持ち帰ることに成功。

その本には『花の乙女』と呼ばれた女の子が魔法を使って成り上がっていくお話が描かれていた。

文字は読めなかったけど、絵だけでなんとなく場面を読み取ることができる。

その日から、ローズマリーは皆が寝静まった後に、その本を読むことが毎日の習慣になっていく。

その内、どうしても文字が読みたくなった。けれどこの本は誰にも見せたくない。

ローズマリーは今まではどうでもいいと思っていた文字の勉強を始めた。シスターは驚いていたが、意外にも熱心に教えてくれる。

本を読むためだと思うと文字の勉強は苦痛ではなかった。

それにどうしてもあの本を読みたいと思ったから頑張ることができる。

幸い難しい文字は少なく、すぐに物語を読み進めることができた。


——両親が亡くなって一人ぼっちになった少女は花を売りながら生活をしていた。

内緒だと言われていたけれど、少女は花を産み出す力を持っていた。

そんな寂しい生活を送っていたある日の夜。

花屋を探して困っている男性を見つけて、売れ残ったすべての花を渡す。

急いでいる男性から代金も受け取らずに送り出した。

次の日、いつものように花を売ろうとして街に出ると、豪華な馬車が止まっていることに気付く。

なんと昨日のお礼にと男性が屋敷に招待してくれたのだ。

見たこともない豪華な食事をお腹いっぱいに食べた後、お礼に花を渡そうと、こっそりと花を出そうとすると「やはり」という言葉と共にある説明を受ける。

そこで初めて魔法のことを教わった。

そしてそのままその男性の養女として迎え入れられることになった。

魔法を習いに学園に通い始めた少女に訪れる困難。

へこたれることなく、少女は魔法を使って人々を幸せにしていく。

そんな少女の前に運命の出会いが訪れる。

それは、いつも寂しそうにしている王子様だった。

少女は元気を出してもらおうと毎日花を贈り続ける。

何度か会ううちに二人は互いに惹かれあっていたが……ある少女が毎回邪魔をしてきた。

その少女は王子様に近付くことを許さずに、容赦なく攻撃してきたのだ。

なんと、いつも王子様のそばにいる少女の正体は悪い魔女だった。

悪い魔女にどんどんと追い詰められていった少女が泣いていると、花の妖精が落ち込む少女にキラキラと輝く美しい花のドレスを贈る。

少女はそのドレスを着て、悪い魔女に立ち向かう。

花の力を借りて悪い魔女を倒すことに成功するのだ。

そして元気を取り戻した王子様にプロポーズされて幸せに暮らすことになる……


（なんて素敵な物語なのかしら……！）

絵だけではなく文字を読み込んで内容を理解すると、もっとこの本が好きになった。

まるで自分が主人公になったような気分だった。

（わたしもこの女の子のようになりたい。魔法を使ってみたいわ！）

いつかこんな狭苦しい場所から出たいと思っていた。

こんな底辺じゃなくて、自分を愛して救い出してくれる王子様と出会って幸せになりたい。

毎日、皆が寝静まってから夢中でその本を読んでいた。

花の魔法を使うことができる本の中の少女になりたいと思いながら。

どんな嫌なことがあっても、この本を読めばすべてを忘れられた。

ローズマリーは寝る前にいつも祈っていた。

（神様……お願いします。わたしもこの女の子のように魔法が使えるようになれますように）

貴族は脈々と受け継がれる血で魔法を使う。貴族以外はその恩恵を受けながら普通に過ごすしかない。

稀に平民からも魔法を使える子どもが生まれることもあるらしいが、魔法を使える期間は短くいきなり魔法が消えてしまうらしい。

ローズマリーには魔法が使えないけれど、この少女のようになりたいと願わずにはいられなかった。

（一度でいい。この女の子のようになりたい）

毎晩、幸せな気持ちで眠りについた。

朝には現実に引き戻されてしまう。だから夢の中だけは花の魔法を使い幸せに暮らしたい……そう思った。

次の日、ローズマリーが目を覚ますと何故かベッドの中が花で溢れかえっていた。

(綺麗なお花がたくさん。まるであの本の表紙みたいね)

最初は誰かのいたずらだと思っていた。

花が溢れ返っているベッドを抜け出してシスターに報告しに向かう。

「誰のいたずらですか?」

子どもたちを集めてシスターが問い詰めていた時だった。

ベッドの上にある色とりどりの花を見ながら、あの本の表紙を思い浮かべる。

その瞬間、まるで魔法のように手のひらの上に花が現れたのだ。

「え……?」

「こ、これは魔法……!?」

「ローズマリー……あなた、まさか魔法が?」

その日、教会は騒然となった。

本来は貴族しか使うことができない魔法をローズマリーが使うことができたからだ。

貴族以外で魔法を使えることがわかった場合、すぐに魔法研究所に報告しなければいけない。

意図して魔法を使えることを隠したり、利己的に使おうとしたりすれば罰が与えられ重罪となる。

それだけ魔法を使えることは特別視され、国の宝として扱われるのだ。

シスターの一人は嬉しそうに城へと報告しに向かう。

この日からローズマリーは特別になった。

あの絵本の少女のようになれたのだ。ローズマリーの夢が叶った……そう思った。

そして魔法が使えることで今までローズマリーを馬鹿にしていた女の子たちがガラリと態度を変える。

自分が守ってもらうために縋っていた男の子たちにすごいと褒め称えられるようになった。

（わたしは神様に選ばれたの。本当は特別な子だったのよ……！）

この孤児院でローズマリーは女王様だった。

尊敬、羨望、嫉妬……心地よい視線に身震いする。

それから暫く経った後、孤児院に魔法研究所の人が訪ねてくるようになる。

「魔法を見せてください」

そう言われても魔法の使い方がわからずに首を傾げていた。

うまく花を出すことができずにローズマリーが焦っていると、魔法研究所の人は見たこともない丸くて甘い食べ物をくれた。

それを口に入れた瞬間、ローズマリーの周りから花が溢れ出したのだ。

どうやら魔法は感情に左右されやすいようで、貴族の子どもたちは幼い頃からコントロールの仕方を学ぶのだそうだ。

訓練が必要だからまたくると言って頭を撫でて去って行く。

その日からシスターたちは今までにないくらい機嫌がよかった。

他の子どもたちとローズマリーを差別化し始めた。

何か危害を加えられてもシスターに報告すれば、その子は激しい叱咤を受けて、二度とローズマリーに近づけなくなる。

それから孤児院でローズマリーに逆らえるものはいなくなっていった。


そんなある日、孤児院がある領地を納めているシーア侯爵が訪ねてきた。

初めて間近で見る貴族にローズマリーは圧倒されていた。

肉づきのいい体に、見たことがないほどに輝く宝石と煌びやかな服。

不機嫌そうに眉を寄せて孤児院にやって来たシーア侯爵はローズマリーを見て目を輝かせている。

「君が花を出す魔法を使う少女か？」

「は、はい。そうです」

「さぁ、こちらに来て顔を見せておくれ」

「……っ」

ぐっと近付いてくる大きな顔に仰け反りそうになるのを我慢して、ローズマリーはにこりと微笑んだ。

「ふむ、素晴らしい。これは使えるぞ。予定変更だ。この子はワシが引き取ろう……！」

「え……？」

「今日からワシの娘だ。名前は何という？」

「ロ、ローズマリーです」

「そうか！　ははっ、素晴らしい。これであの計画が実行できるかもしれない。彼らを引き摺り下ろして……」

シーア侯爵はブツブツと何かを呟いては笑みを浮かべている。

計画とは何のことかはわからないが、すぐにシーア侯爵は手続きを行う。

シスターは嬉しそうにしながらも大きな袋を受け取っていた。

「ローズマリー、あなたは今日からシーア侯爵の娘になるのよ」

この場所から抜け出せる……それだけでも嬉しくてたまらないのに、更には夢にまで見た貴族になれる。

(嬉しい……！　夢みたいだわ)

それから貴族としての最低限のマナーを学ぶことになった。

何も知らない状態から一つずつ覚えていったのだが、本当に大変だった。

勉強は辛かったけど、あの生活に戻るくらいならと我慢していた。

やはり幼い頃から教育を受けている貴族たちとは違って、なかなかうまく進まない。

文字だって覚えたばかりのローズマリーにとっては、本を読むだけでも大変な作業だ。

シーア侯爵が苛立っている様子を見て、ローズマリーは焦りを感じた。

(うまくできないと捨てられちゃうわ。そんなの絶対に嫌よ)

シーア侯爵からは愛情を感じたことはない。

けれど何かをするために必要とされている、そんな気がする。うまくできなければ代わりを連れて来ると、直感的にそう思った。

侍女や講師たちに、シーア侯爵の前ではうまくいっていると嘘を吐いてと頼み込む。

皆、シーア侯爵に怯えていたのでそれを利用すればいい。同じように怯える哀れな女の子を演じればいいのだ。

皆からローズマリーは完璧だと報告を受けたシーア侯爵は、満足そうに笑うとたくさん褒めてくれた。

「やはりこの子は使える。素晴らしい……！」

何のことを言っているのかわからなかったが、これで捨てられることはないだろうと思った。

(よかった……これで安心。マナーはこれから少しずつ覚えていけばいいわ)

ずっと惨めな生活をしていたのに、今ではこんなにも贅沢な暮らしをしている。

誇らしく感じると同時に手放すのが怖くなった。

そんなある時、お気に入りの本を読んでいるとシーア侯爵が嫌そうな顔をする。

「その汚い本を今すぐ捨てろ！」

そう言われてローズマリーは驚いていた。この本は孤児院から唯一、持ってきたものだ。

ローズマリーと同じ花魔法を使う、あの少女の物語が書かれている本は絶対に手放したくはない。

「これはわたしの宝物なのです……！」

「その汚い本が宝物だと!?　新しい本を買ってやるから今すぐに処分しろ」

いつもなら笑顔でシーア侯爵に従っていただろう。けれど、これだけは絶対に譲れなかった。

「この本があったから、わたしは魔法を使えるようになったんです！」

「何……？」

「本当です！　だからこの本だけは捨てないでくださいっ」

「見せてみろっ」

「あっ……！」

シーア侯爵はローズマリーから奪うように手に取るとパラパラとページを捲り内容を確認していた。

マデリーンが大切にしていた本が捨てられてしまうかもしれない。

それだけは絶対に嫌だった。心臓がバクバクと音を立てていた。

しかしシーア侯爵は先ほどとは違って機嫌よく笑う。

「ほう、魔女の本だな……最高じゃないか！」

唇が弧を描いていく。

「間違いない。ローズマリーは選ばれた子だ。この物語の主人公のように、王子と結婚する運命なんだ」

「……え？」

「ローズマリー、よく聞いてくれ。お前はこの花の乙女と同じ運命を辿ることになる」

「……！　はい、お父様。わたしもそう思っていたんですっ」

「お前はこの本の少女のように王子様を救うんだ……そうだろう？」

「はい！」

この本のように王子様と結ばれたら今以上の幸せが手に入る。

シーア侯爵は何度も何度も繰り返し言った。

そして定期的に魔法研究所に通っていると、偉そうな青年に出会う。

それがこの国の第一王子であるパトリックと知って、ローズマリーはすぐにアプローチを開始した。

（この人は、わたしを幸せにしてくれる王子様だわ……！）

パトリックは、初めはローズマリーを馬鹿にしていたように思う。

だけど孤児院にいた男の子たちと同じだと思った。

少しずつ時間を共にするうちに、どんどん態度が変わっていっく。

そして徐々に心に入り込んで味方につけるのだ。王子様でも、やることは同じ。

頼って、誉めて、上目遣いで『あなたしかいない』と伝えるだけ。

今まで孤児院で培ってきた技術で難なく心を奪うことができた。

プライドが高い男を落とす方法は嫌というほどに身についている。

（男なんてみんな同じなんだから……物語と同じで幸せが手に入るわ）

そして今、自分は物語の少女のようにパトリックに気に入られている。

そのことを話せば、シーア侯爵は満足そうにしていた。

「ローズマリーを選んで本当によかった。お前は特別だ。いいな？」

嬉しくなり何度も何度も頷く。やっぱりローズマリーは特別なのだ。そう確信を持つには十分だった。

それからしばらくして、ローズマリーは貴族の令嬢や令息が通う学園へと通い始める。勉強はまったくわからないし、つまらない。

しかし今まで見たことがない綺麗な令息たちの姿に感動していた。

（一人だけでは心配だもの。予備も必要でしょう？）

令息たちに花を出してあげると喜んでくれた。

そして何人かの令息は花をもらった代わりにと高価なプレゼントをくれたのだ。

自分の価値を認めてもらったようで嬉しくなる。

『面白い子だね』『君に似合うと思ったから』

そんな理由で渡されるプレゼントの数々は高価なものばかり。

令息たちに気に入られるとプレゼントがもらえる。

そう気付いたローズマリーはみんなに愛想を振りまいていく。

宝石にアクセサリーにドレス、部屋に置いてはいつまでもいつまでも眺めていた。

（わたしは価値ある存在だったの。道端に落ちている石ころとは違う。宝石のように輝けるのよ……！）

身分の高い令息になるほどに値段も上がるとわかり、ローズマリーは彼らに媚を売る。

しかし、令嬢たちには『はしたない』と言われてしまう。

欲しいものを手に入れるために動いているのに、何故咎められるのか理解できない。

（どうしてダメなのかしら。何もしなければ手に入らない。誰かに奪われちゃうのに……）

研究所で顔を合わせた第二王子のドウェインと、水の騎士と呼ばれるラフルには相手にされなかったが、それ以外の男性は大抵いい反応を見せた。

花を出してニッコリと笑うだけで、ローズマリーに夢中になる貴族の令息たち。

（……みんな、花の乙女に夢中になるの。本の中と一緒だわ！）

そしてパトリックの後押しとシーア侯爵の圧力で〝花の乙女〟の称号をもらえるとシーア侯爵から聞いた。

ローズマリーはついに本の少女のように本物の花の乙女になれるのだ。

嬉しくて堪らなかった。

ローズマリーは欲望のままに令息たちと仲を深めていく。

それと同時に何故か文句を言いながら、キャンキャンと吠える令嬢たちを見て、孤児院にいる時にローズマリーを妬んで散々文句を言っていた女の子たちを思い出していた。

（わたしが羨ましいのね……みんなそうだった）

けれど学園ではパトリックのそばにいれば、大抵の人々は何も言えなくなる。

他の令息はキープしつつ、いつものようにあなたしかいないと言いながら秘密の関係を築く。

すべてが順調に進んでいた。

ローズマリーは本の中に出てくる少女と同じ道筋を辿っていくのだ。

（本当にこの本の通りになってるんだわ……！　わたしが花の乙女になったから、あとは素敵な王子様と結ばれるだけよ）

だんだんとローズマリーの名前が広がり、様々な貴族の令息たちの目を惹きつけていった。

今までゴミのような生活をしていたのに、今はこんなにも贅沢をして美しく輝いている。

パトリックのそばにいるという噂を聞いたのか、シーア侯爵は嬉しそうに現状を詳しく聞いてきた。

今までの話をすると侯爵はローズマリーにいい子だと言って褒めてくれる。

「ローズマリー、これからはパトリック殿下だけにしろ」

「でも……」

「でもなんだ？」

「そうするとプレゼントが貰えないんですもの」

「そんなことか。ならローズマリーの欲しいものはすべて買ってやろう」

「本当ですか？　やったぁ」

「ああ、だからパトリック殿下だけにするんだ」

「はい、わかりました！」

ローズマリーがそう言うとシーア侯爵の笑みは深まっていく。

けれどパトリックと結ばれるためには問題があることを知っていた。

それは物語に出てくる『悪い魔女』の存在だ。

本の中では王子様と仲良くなろうとすると、邪魔をしてくる少女がいる。

そしてそれは現実でも同じだった。パトリックにはマデリーンという婚約者がいたのだ。

何かある度に出しゃばって、よくわからないことを言ってくる。

「どういう意味ですか？」

そう聞いても、マデリーンの周りにいる令嬢たちが説明するでもなく言葉で攻撃してくる。意味がわからないのだから、気にもならないし従う気にもなれない。

たくさんの令嬢たちを引き連れて、気品のある仕草と優雅な動きで綺麗に笑うマデリーンも、彼女たちや悪い魔女と一緒で、意地悪で嫉妬深くて、ローズマリーを嫌っているに違いない。

シーア侯爵もマデリーンは『悪』だと教えてくれた。

（マデリーン様がわたしとパトリック殿下の前に立ち塞がる悪い魔女なのね……！　パトリック殿下と協力して排除すれば、わたしは幸せになれるんだわ。お父様だって、そう教えてくれたもの）

パトリックも面白いほどにローズマリーに惚れ込んでいく。

どうやら元々、二人の関係はうまくいっていなかったようで、簡単にマデリーンからパトリックを奪うことができた。

マデリーンには『迷惑をかけないように』『節度を持って』と言われていたが、律儀にルールを守っていても生き残れはしない。

それでもあるときふと、マデリーンの言葉が心に引っ掛かった。

（……何がいけないのかしら？）

家に帰って侍女たちにパトリック殿下と仲良くすることの何がいけないのかを聞いてみたが、気まずそうに視線を逸らして話題を変えてしまい何も教えてはくれなかった。

（別にわたし悪いことはしていないわよね？　みんなだって、お花を貰って嬉しそうにしているじゃない）

その後もシーア侯爵の言う通りに動くと、驚くほどうまくいく。

それから卒業パーティーに合わせてある計画を実行すると話してくれたのだ。それは悪い魔女、マデリーンを追い出すための作戦だった。

パトリックもマデリーンとの婚約をなかったことにして、ローズマリーを王妃にすると言ってくれる。

そして高位貴族しか使えない高級ブティックで、物語と同じでキラキラと輝く花の刺繍をあしらったドレスをオーダーしてくれたのだ。

（すべて理想通り……なんて素敵なの。お父様に話してよかった。こんなに明るい未来が待っているなんて！）

花の乙女である自分こそ王子様であるパトリックの隣に立つのに相応しい。

マデリーンは悔しそうに顔を歪めているのに、自分はこんなにも愛されて満たされている。

あんなに美しいマデリーンが持っていないものを、ずっと孤児院で育ったローズマリーがすべて持っているのだ。

「ふふっ……全部、わたしのもの！」


そしてついに卒業パーティーがあと五日と迫った日の夜のこと。

パトリックにオーダーで頼んでもらったドレスがシーア侯爵邸に届く。

本当にあの物語の通り、何もかもがうまくいっていて怖いくらいだ。

（平民からここまで成り上がることができるなんて……この本のおかげだわ！）

ローズマリーはお気に入りの本をギュッと抱きしめて眠ろうとした時だった。

部屋の外からシーア侯爵の怒号が聞こえてくる。

「――マデリーンが書き置きを残して、海に飛び込んだだと!?」

シーア侯爵は大声を上げていた。

聞き間違いではないかと扉から首を出して何を言っているか確認する。

しかしすべて本当のことのようだ。その言葉に驚きを隠せない。

（こんな流れは本にはなかったのに……どうしてかしら？）

悪い魔女は自ら命を絶ったりしない。

最後まで二人の前に立ち塞がらなければならないからだ。本では悪い魔女は花のドレスを着てから倒す。

つまり卒業パーティーまでは何も起こらないはずなのだ。

マデリーンがパトリックにドレスももらえずに悲しそうにしているのだと彼から聞いた。選ばれなかった彼女が可哀想だが仕方ない。

それにパトリックはこうも言っていた。

『エスコートすることはできないとマデリーンに告げたのだ。プライドの高いマデリーンのことだ。誰にも話せずに一人で苦しむだろう』

パトリックに話を聞く度にローズマリーの心はスッとする。

それなのにどうしてこんなことになってしまったのだろうか。

(海に飛び込んだって……どうして？　もしかして、わたしのせいにしていないよね。だって、わたしは悪くないでしょう？)

ローズマリーの心臓がドキドキと早く脈打っていた。

しかし、そんな悪い予感は的中することになる。


次の日、マデリーンの父親であるウォルリナ公爵が大量の書類を持ってシーア侯爵邸を訪ねてくる。

それを見たシーア侯爵の顔は、今まで見たことないくらいに真っ青で、いつもの偉そうな態度とは違って大人しくて控えめだ。

ペコペコと頭を下げ続けているシーア侯爵を見て、ローズマリーは驚いていた。

シーア侯爵に呼ばれてウォルリナ公爵に挨拶をしようと、ローズマリーがいつものように笑顔を作ろうとした時だった。

あまりにも恐ろしい表情と圧力に、目を合わせることすらできない。

背筋が凍り、全身から汗が噴き出てくる初めての経験に、ローズマリーは戸惑っていた。

ウォルリナ公爵の凍てつくような視線に震えが止まらない。

その冷たい氷のような目を見ていると、マデリーンを思い出した。

シーア侯爵に言われて、訳がわからないままずっと頭を下げ続けている。

目に涙を浮かべても何度謝っても、今までの人たちとは違って、表情一つ動かさないウォルリナ公爵が悪魔に見えた。

その後から今朝まで、ずっとずっとシーア侯爵は物を投げながら暴れていた。

『作戦が台無しだ！　ふざけるな』

『何故うまくいかないんだ！　クソッ』

屋敷にはシーア侯爵の怒号が響いていた。

(作戦って、なんのことだろう……)

シーア侯爵が何を言っているか、ローズマリーにはよくわからない。

侍女たちと共にシーア侯爵の癇癪が治るまで待つしかなかった。


そして今日は、ローズマリーは研究所に向かう日だった。準備をしてから逃げるように屋敷を出る。

研究所に着くと、安心感から大きく息を吐き出した。

（お父様、また機嫌が悪かったわ。今日帰るのは嫌だな。それにまたウォルリナ公爵がいたらどうしよう）

研究所に向かう途中、いつもならばたくさんの人に声を掛けられるはずが、今日は誰にも声を掛けられることはない。

（変なの……どうしたんだろう？）

ローズマリーは理由もわからずに首を傾げていた。

皆は遠くからローズマリーを見ているだけで、目が合ったとしてもサッと逸らされてしまう。

違和感を感じながらもいつものように研究所の中に入った。

「こんにちは、聞いてくださいよっ！　今日は皆さんの様子がおかしくて、それでわたしっ……」

「ローズマリー様は暫く、研究所には顔を出さないでください」

「え……あの、どうしてですか？」

「お帰りください」

いつもは優しくしてくれる研究員も、城の人たちと同じで気まずそうに視線を逸らす。

まるでローズマリーと関わるのを避けたいと、そう言わんばかりに。

ローズマリーは何故なのかと声を荒らげる。

貴族になってから、こんなにも拒絶されたのは初めてだったからだ。

「また後日連絡します。今日は帰ってください」

「どうして？」

結局、誰も相手にはしてくれない。

ローズマリーは追い出されるようにして研究所を出る。扉は無情にも目の前で閉まってしまった。

いつもは花の魔法を披露すると、たくさん褒めてくれるのに、今日は何故か怖い顔をしている。

（どうして……？）

何もすることがなくなり仕方なく重たい足を動かして歩き出す。

馬車に帰る途中、パトリックの姿を見つけて手を振った。

「パトリック殿下……！」

いつもは笑顔で抱きしめてくれる彼は、目の下の隈がひどく手を握ってもくれない。

伏せられた顔を覗き込むようにして問いかけた。

「パトリック殿下、どうかされたのですか？」

「……」

「元気がないようですけど……大丈夫ですか？」

パトリックを励まそうと、手のひらからいつものように花を出す。

いつもならば『さすがローズマリーだ』『ローズマリーの咲かせる花が一番美しい』と褒めてくれるのに今日は花に見向きもしない。

浅い呼吸を繰り返していたパトリックの唇が開いたり閉じたりを繰り返している。

「ウォルリナ、公爵が……っ」

絞り出すような声で呟いたパトリックは次の瞬間、髪をぐしゃぐしゃと掻き乱して頭を抱えてしまう。

初めて見る彼の様子に驚いて、ローズマリーは呆然としていた。

言葉から推測するに、どうやらパトリックの元にもウォルリナ公爵が来たようだ。

（きっとパトリック殿下もウォルリナ公爵が怖かったのね……！　わたしが励まして元気づけてあげなくちゃ）

暗い空気を掻き消すように、ローズマリーは明るい話題を口にした。

「パトリック殿下、あと三日で卒業パーティーですねっ！」

「…………」

「わたし……パトリック殿下と踊れるのを楽しみにしてますから！」

「…………」

「お花のドレス、とても素敵なんですよ！　パトリック殿下も見たら驚くと思います」

「……っ」

いつもなら優しく返事を返してくれるパトリックは何の反応も示さない。

二人の間には沈黙が流れた。パトリックはその場に留まったまま動かない。

「パトリック殿下、どうしたんですか？　今日はなんだか変ですっ、おかしいですよ!?」

「ローズマリー……卒業パーティーの件だが今の俺には何もできそうにない。今まで言ったことをすべて白紙に戻させてもらう」

「は、白紙……？　それって……」

「悪いがシーア侯爵にもそう伝えておいてくれ。作戦は失敗したんだ」

「失敗って何のことですか？　い、いきなりどうしたの？」

突然告げられた言葉にローズマリーは訳もわからずにパトリックに問いかける。

「それと俺の贈ったドレスを卒業パーティーでは絶対に着ないでくれっ！」

「……………え？」

信じがたい言葉にローズマリーは目を見開いた。

あの素晴らしいドレスを卒業パーティーに着られないなんて、絶対に嫌だと思ったからだ。

あれはローズマリーのために……花の乙女のためだけに作られた特別なドレスなのに。

(あのドレスを着るの、とても楽しみにしていたのに……！　どうしてパトリック殿下はそんな意地悪を言うの⁉)

あのドレスを着てパーティーに出席して、王子様と結ばれたらハッピーエンドになれるのだ。

あと少しで幸せになれる……このチャンスを絶対に逃したくなかった。

「そんなの嫌です！　絶対に嫌っ！」

「……ローズマリー、わかってくれ」

「あのドレスを着て、パトリック殿下と踊らないと！　そこでわたしを本当のお姫様にしてくれるって言ったじゃないですか！」

「…………」

「わ、わたし……絶対に嫌ですからねっ！」

悔しさと悲しさから瞳には涙が浮かぶ。

しかし、その言葉にパトリックは肩を震わせて怒りを露わにする。

「――ッ、今はそれどころじゃないと言っているんだ！」

「……!?」

「そんなこともわからないのか!?　馬鹿なことを言うのはやめてくれっ！」

「……！」

「俺が着るなと言っているんだぞ!?　くだらないわがままを言うな！」

パトリックの怒鳴り声に、ローズマリーは驚いていた。

こんなふうにローズマリーを咎めるような言い方をされたのは初めてだったからだ。

（もう嫌……どうして貴族って気に入らないことがあると怒鳴るの!?　ドレスも着ちゃいけないなんて意味がわからないわ。数日前までは、あんなに楽しみって言っていたのに……！　パトリック殿下はどうしてそんな意地悪を言うのよっ）

ローズマリーはグッと拳を握り込んで唇を噛む。

「少しは俺の立場を考えようと思わないのか!?　これ以上俺を困らせるなっ」

「……っ」

「このままだと俺は……俺はっ！」

肩を揺らして首を横に振りながら後退していくローズマリー。パトリックはそれに気付かないまま頭を抱えていた。

「――パトリック殿下なんて、もう知らないっ！」

ローズマリーはパトリックに背を向けて駆け出した。

＊　＊　＊

「クソッ……！」

去っていくローズマリーの背中を見て、パトリックは近くにあった柱を殴りつける。

思い出すのはここ数日の腹立たしい出来事だ。

ウォルリナ公爵はパトリックの行動を読んでいたかのように彼に見張りをつけた。

パトリックが誰とも連絡を取らせないようにするためだ。

よりにもよって父に頼んだようで、どうすることもできない。

もちろんシーア侯爵に連絡を取ることもできずに、パトリックはただ追い詰められていく。

(どうする？　どうにかしてシーア侯爵に連絡を取らなければ……！)

だが、何をしようとしてもウォルリナ公爵がすべて上手だった。

そして今日、両親に呼び出されて向かうと、そこにはウォルリナ公爵が立っている。

渡された書類を見て全身が震えた。

まだ二人の関係がバレてから数日しか時間が経っていないのに、どうやってここまで調べ上げたのか。

ウォルリナ公爵が持ってきた書類にはローズマリーとの行動や目撃情報、会話の内容などが事細かに書かれていた。

それはすべて婚約者であるマデリーンを裏切っている証だ。

目の前で証拠を突きつけられて、血の気が引いていくのを感じていた。

これが現実だなんて信じたくはない。

けれど耳にはウォルリナ公爵の厳しい声が響いている。

己の不貞行為をウォルリナ公爵から両親の前で直接告げられてしまう。

こんなに居心地悪く苦い思いは初めてだった。

そして記憶がないマデリーンを引き合わせた際の、彼女の反応もウォルリナ公爵の口から父へと伝わっていく。

父や母からパトリックに向けられるのは、軽蔑の眼差しだ。

パトリックは冷や汗が流れるのを感じていた。

こんな短期間でここまで追い詰められるとは思わなかったからだ。

「よって、今すぐにマデリーンとパトリック殿下の婚約破棄を望みます。今すぐに。それと」

「ま、待ってくださいっ……！」

「黙れ、パトリック」

「……っ!?」

「ウォルリナ公爵、この度は誠に申し訳なかった。非は全面的にパトリックにある。マデリーンは本当によくやってくれた」

父の言葉に反論も許されずに口ごもるしかない。

そのままパトリックの目の前でマデリーンとの婚約はパトリックの有責で破棄されてしまう。

頭を下げる父を見て、パトリックは唖然とする。

大きな咳払いをした後にウォルリナ公爵は言葉を続けた。

「本来は卒業パーティー後、申し上げるべき言葉ですが、わたしは今ここでハッキリと告げさせていただこう。ウォルリナ公爵家はパトリック殿下との婚約を破棄すると共にドウェイン殿下を支持することをここに宣言する」

「――ッ！」

「〝水の意思〟は、たしかに受け取った」

「ぁ……っ」

その言葉にパトリックは声を漏らした。

パトリックの手からは、今まで当たり前にあったものがこぼれ落ちていく。

ウォルリナ公爵の鋭い視線を感じながら、パトリックは胃の痛みと吐き気を抑えていた。

マデリーンと婚約破棄をしてローズマリーと結ばれればこうなることはわかっていたはずなのに、実際こうなってしまえば不安で仕方ない。

今まで、自分が王になることは揺るがないと思っていた。

（こ、こんなはずではなかったのに……！）

王家で異端な毒属性を持つ出来損ないのドウェインに負けるはずがないと思い込んでいた。

頭を鈍器で殴られたようだ。

まるで夢から覚めるように現実に引き戻されるような気がする。

そしてウォルリナ公爵がいない間に、マデリーンを卒業パーティーで国外に追放していたらと思うと背筋が寒くなった。

恐らくその事実がわかった瞬間に国は崩壊していたのではないだろうか。

水没した街や城が頭に浮かんだ。

ローズマリーに夢中になりすぎたことが悪かったのか。

自分の感情のままにシーア侯爵の作戦に乗り、マデリーンを排除しようとしていたことがよくなかったのかもしれない。

そんなことを考えている最中、頭を過るのはシーア侯爵の言葉だった。

『パトリック殿下こそ、この王国のトップに相応しい』

そうおだてられて、自分は都合よく踊らされていただけではないだろうか。

『……このままバランスが崩れれば』

『これがうまくいけば理想通りに……！』

時折、呟いていた意味不明な言葉が蘇る。

(シーア侯爵は一体、何を企んでいたんだ。俺に何をやらせようとしていた？)

今となっては何もかもが疑わしい。ローズマリーですら自分に打算を持って近付いてきているのではないかと思ってしまう。

傍目にはただ立ち尽くして呆然としているパトリックに、ウォルリナ公爵は吐き捨てるように「……愚かな」と言って足早に立ち去って行った。

呼吸が浅くなり、目の前が真っ暗になっていく。

そんな時、父に名前を呼ばれてゆっくりと顔を上げる。

「他の公爵たちも、今回の件で、お前を支持しようとは思わなくなるだろうな」

「…………は？」

父が何を言っているのか理解できなかった。

「不幸中の幸いといったところか、マデリーンとドウェインの仲は良好のようだ。ドウェインは毎日、ウォルリナ公爵邸に通っている」

「ど、どういうことですかっ⁉」

もしもドウェインがマデリーンと結ばれてしまうことがあれば、自分はどうなってしまうのか……その先は考えたくない。

父の冷めた声が広間に響く。

「失望したぞ、パトリック。いつかはこうなってしまうのではないかと危惧して公爵家とも事前に話をつけていたが、まさかこんな最悪の形になるとはな……ウォルリナ公爵をあそこまで怒らせるなど大失態だぞ。わかっているのか？」

「…………な、なにを」

「マデリーンを手放した時点でお前の未来は消えたのだ」

「い、意味がわかりませんっ！　ちゃんと説明してください……！」

父に見放されてしまう、パトリックは直感的にそう思った。

しかし、一度失敗しただけでここまで言われる理由がわからない。

まだ挽回のチャンスはあって然るべきだ。

「マデリーンがいたから今までドウェインと渡り合えていただけだと言っているのだ」

「意味がわかりません！　あんな、父上たちにも嫌われていた出来損ないを……！」

その言葉に重たいため息を吐き出した母は額を押さえている。

「はぁ……そんな認識で何故、己が王位につけると思ったのか……」

「……ッ！」

どうしてここまで言われなければならないのか、パトリックにはわからなかった。

「まず、マデリーンは王妃になるための教育をほとんど終えている。対して、シーア侯爵の養女は平民出身で、令嬢としての最低限の教養もおぼつかないと報告を受けている。つまり、お前には未来の妃となる令嬢のあてがない」

「え………？」

「ここまで言ってもお前はまだわからぬか……」

父が厳しい口調で説明してくれた。

マデリーンとの婚約が破棄され、ローズマリーとの関係が周知されている現状で、他の公爵家から新たにパトリックの婚約者になりたいと願い出るものは誰もいない。

ローズマリーならば婚約も喜ぶだろうが、彼女との仲は既に醜聞として広まっており、ローズマリーを娶れば三大公爵はパトリックを推すことはない。

更に、マデリーンとドウェインの仲が良好であり、ウォルリナ公爵がドウェインの訪問を容認しているということは、両者が望めば二人が婚約する可能性もある。

ウォルリナ公爵は、パトリックが憎いという理由だけでなく、愛娘の幸せを願う意味でもドウェインを支持するだろう。

そうなれば他の公爵家も、パトリックとドウェインしか王子がいないから、という理由ではなく、積極的にドウェインを推す可能性も出てくる。

ずっと馬鹿にしてきたドウェインが、次の国王になるかもしれない……そう思った瞬間、ゾワリと鳥肌が立った。

「嫌だっ！　そんなの絶対に嫌です……っ！　父上、なんとかしてください！」

「…………」

「ドウェインの魔法は何の役にも立たないではありませんか！　それに父上の見目を継いだ俺こそ、国王に相応しい！　民だって納得するはずがない……っ！」

「パトリック、お前は本当に今まで何を学んでいたんだ？　何を見てきた？」

「え……？」

「見目など王位を継ぐのには重要ではない。実際、この色でなくとも王になった者はたくさんいる」

「…………ッ!?」

パトリックは信じられないという気持ちで目を見開いた。

「魔法は民のために……。魔法の恩恵が受けられるからこそ民はわたしたちを支えてくれている。上に立たせてもらっているのだ。百歩譲ってドウェインの魔法が国や民のためにならぬものだったとしても、別のことで民に恩恵を与えていれば、それが国民への貢献となる。そんなことすらわからぬとは……マデリーンに申し訳ないことをした」

「マデリーンに……？　何故そこでマデリーンの名が出るのです!?　国中を飛び回っているウォルリナ公爵や夫人ならばまだしも……」

噛み付くように声を上げる。

ウォルリナ公爵が夫人は、休む間もなく国中を飛び回っているのは知っていた。

しかし、まだ自分と同じ学生である彼女が何の役に立っていたのだろうか。

「マデリーンの力は今や国にとってもなくてはならない。特に夏季はどれだけ我が国が助けられているか……知らないとは言わせないぞ？」

「そ、んな……」

「本当に何も知らぬのだな……マデリーンは休みを見つけては雨が少ない地域に大量の水を届け、作物の実りを助けている」

「え……？」

「マデリーンほどの氷の魔法を使うものはこの国にはいない。王国の食材を保存するための大量の氷も、マデリーンがいるからこそだ。国民は皆、マデリーンを慕い好いておる」

「ですが、それは！　それは……っ」

パトリックは反論するための言葉が思い浮かばなかった。

確かにマデリーンは夏季になると、いつもどこかに出掛けていく。

休みにいつも何かをしているのは知っていたが、騒がしい奴がいなくて清々する、伸び伸びと過ごせるとそう思っていた。

「そしてお前が幼い頃から馬鹿にしていたドウェインだが……」

「そ、そうです……！　毒魔法など、民にも嫌われているのでしょう!?　はっ……当然だ。あの手や髪色を見れば誰だって気持ち悪がりますっ」

「ドウェインは、今やこの国では英雄だ」

「は………？」

その言葉を聞いて愕然としていた。

父が何を言っているか、意味がわからない。

「聞こえなかったか？　英雄だと言ったんだ」

「一体、何の話を……この平和な国で、英雄!?　何を言ってるのですか!?　ふざけないでくださいっ」

「まったく……。ふざけるなと言いたいのはこちらの方だ。ドウェインは自らが生み出す毒を利用して、様々な病に効く薬を作っている。今やドウェインは第二王子としてよりも医学界の英雄として知られているのだ」

「う、嘘だ……っ！」

王家らしくない魔法適性と外見を持ち、いつも根暗でオドオドしていたドウェインが英雄だなんて信じられなかった。

父はそんなパトリックを見ながら何度目かわからない溜息を吐く。

「それを知らぬということが、まったく国に貢献できていない証拠だな。こんなにも周囲の者たちが努力している中、お前は一体、何をしていたんだ？」

パトリックは唇を噛んだ。咄嗟に切り返せる功績が思いつかない。

「答えられないだろうな。残念ながら、ここ数年の報告書にお前の名前は一切無かった」

「報、告書……!?」

「王になる者は、いかなる場合でも手を抜いてはならぬ。弛まぬ努力なしにこの国の貴族たちはまとめられない。民に愛され、貴族に慕われ、そして誰よりも強くあらねばならないからだ」

「そんなことは知ってます！　だから俺は……っ」

努力していると言おうとしてパトリックは何も言えなくなった。

父に報告があがっているということは、下手なことを言えば更に心証が下がる。それくらいの判断はついた。

「ドウェインを下に見ているつもりだったのだろうが、ドウェインはもう、お前よりも遥か上に立っている」

そう言われてパトリックは手のひらを握り込む。自分が悪いとは思いたくはなかった。

「ち、父上はどうして何も教えてくれなかったのですか⁉　そうすれば俺だってちゃんとできたかもしれないのに……っ！」

「私に言われずともマデリーンがいつも諫めてくれていただろう？　彼女の話に耳を傾けずに他者を馬鹿にし続けていた自分の落ち度だ。己の怠慢を他者のせいにするな。……下がれ」

「待ってください！　父上、俺の話を聞い……っ」

父は厳しい顔のまま部屋から出て行ってしまう。

パトリックはその場で膝を折り、頭を抱えた。

ローズマリーと結ばれることができれば、すべてが手に入り幸せになれると信じていた。

あとは父や母さえ味方に引き込めたらと思っていたのに、それを否定されて初めて過ちに気がついたのだ。

信じられないような現実が目の前にあった。

そんな中、父の言葉が頭に思い浮かぶ。

ドウェインがウォルリナ公爵邸に通っているということは、彼はマデリーンを狙っているに違いない。

(このままではドウェインに何もかも奪われてしまう……！　それだけは絶対に嫌だ)

パトリックはなんとか突破口を探そうと考えを巡らせ、あることを思いついてハッとする。

（マデリーンは記憶を失っている。ということはまだ間に合うはずだ。ハハッ、そうすれば今まで通りになるはず……！）

面会で手ひどく拒絶されたことも忘れ、ウォルリナ公爵の後を追いかけ、廊下を全力で走る。

しかし当然、相手にされることはなく、帰りに出会ったローズマリーとの仲違い同然となり、パトリックは再度頭を抱えることになるのだった。

＊　＊　＊

記憶喪失だということにしてから五日目の朝、マデリーンはベッドの上で紅茶を少しずつ飲みながら、大きく息を吐き出す。

（こんなに幸せな気持ちが続く毎日……初めてだわ）

幸せとは、自分の行動を変えることで招き入れることができるのだと初めて知ることができた。

今まで頑なにしがみついていた執着を手放してみたら、こんなにも楽になったのだ。

窓越しの海がキラキラと輝いているように、心が日に日に元気を取り戻していくような気がした。

こんなにゆっくりと過ごしたのはいつぶりだろうか。

いつも、何かを成し遂げることだけが大事だと信じて、自分に仕事を課して動き回っていた。

だが、こうしてゆっくりと体を休めることも何も考えずに眠ることも、お菓子やお茶を楽しむことも、大切なことだと、こうなってやっと気がつくことができたのだ。

随分と追い詰められて視野が狭くなっていたのだな、としみじみ思う。

そんな時、部屋に扉をノックする音が響く。

「……マデリーン、起きているか？」

いつも申し訳なさそうに部屋に入ってくる父に笑顔を見せる。

「起きてますわ。おはようございます、お父様」

「おはよう、随分と顔色がよくなったな」

「はい、お父様とお母様とお兄様と毎日顔を会わせることができて幸せですわ」

「…………」

「……お父様？」

マデリーンは首を傾げた。

厳格で無口な父だが、ここ数日は毎日自分のもとにやってきては何かと世話を焼いてくれていた。

こうして黙り込むのは珍しい、何かあったのだろうか。

そう思っていると、父はポツリと呟くように言った。

「……幼い頃から寂しい思いばかりをさせていたと頭ではわかっていた。お前が記憶をなくしてから初めて会話をした時、こうしてゆっくりとマデリーンと顔を合わせて話したのはいつだったか、もう思い出せないと気付いて驚いた」

「…………」

「ラフルにも言われたよ。マデリーンには家族全員で一日共に過ごした思い出はもちろん、毎日顔を合わせた記憶すらないのではないかと……。二人が何も言わないからと甘えていたのだ。情けない限りだ」

「……お父様」

「ひとり言だと思ってくれ。すまない」

ひどく落ち込んで暗い顔をしている父に紅茶を淹れるように頼む。

深く後悔しているのだろう父を見ていると、まるで以前の自分を見ているようだと思った。

不器用で愛情深い父は、本当に立派に国のために働いているが、国への貢献に一生懸命になり過ぎて、家族のことを振り返る余裕がなくなってしまったのだろう。

(以前のわたくしを見ているみたい。早くお父様にわたくしは大丈夫だって伝えたいわ)

互いに心の中で想い合っていたとしても、伝える努力をしなければ伝わらない。

たとえ家族でも自分と相手の考えと一致しているわけではないからだ。

言葉にして理解してもらわなければならないのに、自分も父も勘違いしてしまう。

大丈夫だからと対話をおざなりにして、自分の気持ちを押し込めたまま未来で迎えたのは、最悪の結末だった。

けれどあの日記帳と勇気を出したことによって、驚くほどに変わっていった。

今回はやり過ぎてしまったが、大切なことに気がつくことができた。

それは今後の人生に大きく活かせるだろう。

(次はこんなやり方ではなくて、普通に伝えましょう……。もっと早く、こうして自分と向き合う

ことができたのなら、なんて今更考えても仕方ないわ）

反省はベッドの上でたくさんした。

同じ失敗を繰り返すことなく前に進んでいければ、きっとそれで十分だ。

今までのマデリーンは他人に迷惑をかけないように、一度たりとも失敗しないようにと、そればかり考えてずっと生きてきた。いい子で居続ける、我慢し続けることが正しいと思い込んでいたのだ。

そうではないと気付くことができたのは、失敗をして、迷惑をかけてみたからこそ。

どんよりと落ち込んでしまった父の表情を見て、どう元気づけようか考えてから口を開いた。

「以前がどんな状況だったとしても、今のわたくしは、お父様とお母様とお兄様にこんなにも愛されていると感じることができて、とても嬉しいですわ」

「マデリーン……」

「こうして家族で一緒に過ごせる時間が何よりも幸せだと、そう思っています」

「……っ」

気持ちが通じ合ったことで、ずっと胸の奥で燻っていた寂しさが溶かされていく。

今、本音を知ることができただけで、マデリーンは満たされていた。

「だからお父様、そんな顔をしないでください」

「あぁ……」

小さく頷いたものの、厳しい顔のままの父を見て手を伸ばす。

そっと両手で父の手を包み込むように握って、驚いた。

（お父様の手は、こんなに小さかったかしら。昔はとても大きかったのに……不思議だわ）

そう感じるのは自分が成長したからなのだろう。

そんな時、侍女から声が掛かる。

「朝食はどうされますか?」

マデリーンが何か言うより早く、父が答える。

「私の分と併せて、部屋まで運んでくれ」

「かしこまりました」

マデリーンが目を丸くしていると、父は咳払いしてから何事もなかったように話を続けた。

朝食が運ばれ、食事をする父の姿を見ながら、ふと今までこんなにゆっくりと過ごしながら一緒に朝食を食べたことがあっただろうかと考える。

（記憶にある限りないわ。お父様はいつも忙しそうだったもの）

父と母は、マデリーンが幼い頃から、長期間出かけては国中を巡っていた。

屋敷に帰ってくると家を空けていてどうしても溜まってしまう分の仕事をこなして、城へ報告に向かう。

水不足になる地域がない時期であっても、父は城に寝泊まりすることが多く、母もこことぞとばかりにお茶会に夫人会にと誘われるため、毎日忙しそうだった。

そんな二人を気遣って何か問われても大丈夫だと言っていたことを思い出す。

マデリーンの認識としてはそうだが、記憶にないほど幼い頃は違ったらしい。

兄から聞いた話では、本当に小さな頃は父と母に会えないことが辛くて、泣いてばかりいたのだという。

特に二人が出かけた直後はいつも号泣しては皆を困らせていた。その後もずっと頬を膨らませながら拗ねていたそうだ。

そんな日は決まって兄のそばを片時も離れず、朝から眠るまでずっと一緒だった。

しかし、ある時期を境に泣くことをやめたのだ、と。

今思えば、パトリックとの婚約も理由としてあったが、一番は自分が泣かないでいると安心したように微笑む父と母を見ると嬉しかったからだと思う。

父と母の辛くて悲しそうな顔を見るのが嫌だったのかもしれない。

そんなことを考えながら父と話していると、母が現れる。

「まぁあなた、今日は会議があるのに、こんなところに……」

「あの会議に私は必要ない。それに連絡はしたから大丈夫だ」

父はそっぽを向いて紅茶を飲んでいる。

仕事を投げ出すのはよくないが、自分を優先してくれたと思うと、不謹慎ではあるが少し嬉しく思ってしまう。

母も呆れた様子だったが、すぐに父の隣の椅子に腰掛けた。

「マデリーン、今日は顔色がとてもいいのね。安心したわ」

そう言って、母は嬉しそうに微笑んだ。

自分でもわかってはいたが、数日前までは相当顔色が悪かったのだろう。

「二人で楽しそうに食事をして羨ましいわ。わたくしの分も朝食を持ってきて。パンを多めに持ってきてちょうだい、あとミルクもお願いね」

「私の分も追加で頼む。マデリーン、このジャムを食べてごらん。きっと気に入る」

「ありがとうございます。いただきますわ」

和やかに食事が進む中、パンにジャムを塗りながら父は淡々と言葉を続けた。

「そういえば昨日、パトリック殿下とマデリーンの婚約を破棄してきた」

「……!?」

その言葉に、マデリーンは思わず持っていたスプーンをポロリと落とす。

まさかパトリックとの婚約を破棄してきたことを、ジャムを取ってくれ、程度のテンションで言われるとは思わないではないか。

(パトリック殿下がうちに来てからまだ三日しか経っていないわよね？)

父の行動の早さには驚かされるばかりだ。

侍女が急いでスプーンを拾い、新しいものに取り替えてくれる横で、両親の会話が始まる。

「旦那様、いくらなんでも早すぎやしませんか？　それにまだマデリーンの記憶も戻っていないのに……」

「あの男では絶対にっ、絶対にマデリーンを幸せにできない！　私は今回の件で確信した！　そも

そも私は前々から反対だったのだっ」

「ですが、マデリーンが自分から願い出るのは珍しいからと受け入れたではありませんか」

「だから……っ！　そ、それとこれとは話が別だ。マデリーンの選択を否定しているわけではない……！」

「わたくしもこうなった以上、婚約を破棄すること自体には賛成ですけれど」

二人共、やはりパトリックのことをあまり快く思っていなかったようだ。

元より何となくわかっていたことだった。

父から話される王家の話は国王のことかドウェインのことばかりだったし、意図的にパトリックの話題を避けているように思える。母もいつも心配そうにしていた。

きっと、マデリーンが頑張っているうちは見守ると決めていたのだろう。

「それにしても、マデリーンはあんなに頑張っていたのに裏切るなんて……ひどい話ね」

「そうだろう、そうだろう！　たとえマデリーンが記憶を取り戻して、まだパトリック殿下と結婚すると言うとしても、今度こそ私は断固反対するっ」

〝今度こそ〟という言葉に、パトリックと婚約したいと伝えた時の記憶が蘇る。

『マデリーン、本当にそれでいいのか？』

眉を寄せた父はマデリーンの肩に手を添えて、そう聞いたのだ。

(あの時から反対だったのね……けれど、どうしてお父様はわたしにそう聞いたの？)

当時のパトリックはまだ、今のような言動をしていなかったはずだ。

「マデリーンはあの約束を大事にしていると思っていたが、パトリック殿下がいいと言うなら仕方ないと思ったんだ。マデリーンが望むなら構わないと……」

「……そうね。懐かしいわ」

続く父と母の言葉の意味がわからず、マデリーンは混乱している。

(わたくしがあの時、約束した相手はパトリック殿下ではないの？　でも、殿下以外に私と同じ年頃で、あの髪と瞳の色の殿方なんて……)

しかし今、マデリーンは記憶喪失ということになっている。

どう聞けば怪しまれないか悩んでいると、母がおっとりと笑いながら宣言した。

「けれど、今度はわたくしも断固反対するわ。今回の仕打ちはいくら殿下といえど、許せないもの。旦那様なら、わたくしが追い詰められていると知ったら、国中の民だけでなく魚たちにでさえ話しまわって解決策を探してくれるはずよ」

「よさないか、そんな大げさな……」

珍しく怒っている母の様子に、父が唯一、頭が上がらない存在が母であることも頷ける。しかし、マデリーンは別のことにひっかかりを覚えた。

(魚たちに……？)

物の例えだろうが、マデリーンが今回記憶喪失のふりをするきっかけとなった絵本の筋書きと似ているように思ったのだ。

公爵家にある本なのだから母が知っていても何の不思議もないのだが、このタイミングで出てきた符号は気にかかる。

問いかけようとしたところで、執事が焦った様子でマデリーンの部屋を訪れた。

「旦那様、お話中に申し訳ございません」

「なんだ……？」

執事に耳打ちされ、父は慌てて席を立つ。

どうやら今度は外せない仕事のようだ。名残惜しそうにマデリーンをチラチラと振り返りながら去っていく。

父の寂しそうな背中を母と二人で笑いながら見送った。

「――マデリーン」

父の姿が見えなくなった後、名前を呼ばれて母をまっすぐに見た。

マデリーンと同じ青色の瞳が大きく揺れている。

「マデリーン、あなたの心の準備ができたらでいいの。あなたの気持ちを『包み隠さず』旦那様に教えてあげてちょうだい」

「……！」

その言葉の意図するところを察して、マデリーンは目を見開いた。

母は、マデリーンが本当は記憶喪失になどなっていないと気付いていたのだ。

「強がっているけれど……旦那様、本当はマデリーンのことが心配で心配で、今にも体を壊してしまいそうなほどに悩んで後悔しているのよ」

優しく微笑んだ母は、そのままマデリーンの手を握り祈るように顔に寄せた後、言葉を続けた。

「わたくしもね、ラフルとマデリーンに寂しい思いばかりさせたことをとても後悔しているの。頑張っているあなたを応援していたつもりだったけど……こんなになるまで追い詰めてしまって本当にごめんなさいね」

「……っ！」

「母親として、あなたの気持ちにもっと寄り添うべきだった。本当は……っ、もっとあなたと一緒にいたかったわ」

そう言って、母はマデリーンを強く強く抱きしめる。

「マデリーンを想わなかった日はないわ。でもね、言葉と行動にしないと何も伝わらないって……今回のことでそう思ったの。もし、万が一にでもあなたに何かあったらと思うと……！」

涙を流す母を見て、ツンと鼻の奥が痛くなった。

「ごめん、なさい……ごめんなさいっ、お母様！」

「わたくしの方こそ……本当にごめんなさい」

そのまま二人で涙を流しながらしばらく抱き合う。

そのうち何故こんなに泣いているのかわからなくて、二人で笑ってしまった。

「あなたはわたくしたちの自慢の娘よ……だからわたくしたちにできることがあったら、今度は遠慮せずに言ってちょうだいね」

「お母様……っ！」

「今まで頑張ってくれてありがとう、マデリーン……わたくしたちはあなたを誇りに思ってるわ」

「わたくしもお母様と、お父様が大好きですわ」

母はマデリーンの頬に流れる涙をそっと指で拭う。流れていく涙を拭う優しい手はひんやりと気持ちがいい。

マデリーンは母の細い指に擦り寄るように頬を寄せた。

「あらあら、可愛い顔が台無しね」

「それは……お母様の、せいですわ」

「ふふっ、そうね。大丈夫……きっと何もかもがうまくいくから。わたくしたちがついているわ」

その後、母に乞われ、ここ最近のことを話した。

未来が書いてある日記のことはさすがに話せなかったが、溜まっていた気持ちを少しずつ吐き出していく。

そのついでに絵本のことを聞いてみれば、どうやらあの絵本は、若い頃の母に起こった出来事を脚色したものらしい。

さすがに母まで記憶喪失、あるいはそのふりをしていたことはないだろうから、おそらくは父が何らかの用事で国を離れているときに母が病気か怪我をして、ということなのだろうが、絵本のモデルが思いがけず身近なところに存在して、驚いたのは言うまでもない。

母も父のことや仕事のこと、夫人会での秘密の会話やマデリーンやラフルの幼い頃の話、今まで言えなかった悩みを話して、互いに心の内を曝け出している。

二人で笑ったり泣いたり怒ったり……時間が経つのも忘れて語り合っていた。

昼食も部屋で済ませて、お菓子と何杯目かわからない紅茶を飲み終えた時だった。

ドウェインが来たという知らせを受けて、侍女たちに身なりを軽く整えてもらう。

母は微笑みながら、マデリーンを見守っていた。

「失礼いたします」

「……ドウェイン殿下！」

「いらっしゃい」

「マデリーン様、ウォルリナ公爵夫人……二人の時間を邪魔してしまい申し訳ございません」

ドウェインは眉を寄せて母に頭を下げる。

「ドウェイン殿下、今日もありがとうございます。わたくしもそろそろ仕事に戻らなければなりませんの。旦那様が拗ねてしまうわ。ゆっくりしていってくださいね」

「はい」

侍女たちも手早くドウェインの紅茶を入れて去っていく。

ドウェインは静かに椅子に腰を掛けたが、その表情は少し固い。

緊張がマデリーンにまで伝わってくるような気がした。

「マデリーン様、体調はいかがでしょうか？」

「はい。とても元気です」

「元気そうでよかったです。今日はこちらを持ってきました」

「まぁ……綺麗」

目の前に差し出されたのは花や蝶、鳥などがあしらわれた飴細工だった。

繊細な作りと透明感に感嘆の声を上げる。

暫く飴細工を回しながら見ていると、ドウェインは安心したのか小さく息を吐き出した後に微笑んだ。

「食べるのがもったいないですわ。とても素敵です」

「マデリーン様に喜んでいただけて僕も嬉しいです。街では人気のお土産だと聞きました」

「ありがとうございます。昨日、ドウェイン殿下からいただいたお菓子がとてもおいしくて、お母様とお喋りしながら食べきってしまいましたの」

「それはよかったです」

ドウェインは、こうして毎日何かお土産を持ってきては嬉しそうにしている。

国民に大人気のドウェインは今や英雄のようだ。

それは王族だからではなく、彼が民たちのためにやってきたことの成果だった。

一度流行ると多くの子どもが命を落としていた伝染病に今まで治ることのなかった病、ドウェインが作った薬で助かった命がたくさんある。

「ドウェイン殿下が皆様から慕われる理由がわかりますわ」

「え……？」

そんなことを考えていたからか、つい本音が漏れてしまう。

ドウェインは不思議そうにマデリーンを見ている。

「ち、父から聞いたのです！　ドウェイン殿下は素晴らしい方だと……！」

「そうなのですね」

ドウェインは納得したように呟いた。

嘘ではない。父は昔からよくドウェインを称えている。

思慮深く努力家で民のために尽くすドウェインは、父も唸らせるほどの働きっぷりだそうだ。

優秀なドウェインにアピールする令嬢は後を絶たず、王家にはドウェイン目当てに様々な国から結婚の申し込みがあると聞いた。自分以外の三大公爵の令嬢たちもそうだ。

しかし、どんな令嬢や姫君から求婚されても、ドウェインは絶対に首を縦に振らないという。

王位に近付くためにも、絶対に自分の利になるはずなのに。

彼が何を考えて婚約を避け続けているのか、ずっと疑問だった。

「隣国の王女様たちや我が国の令嬢たちから結婚の申し込みがたくさん来ていると聞きましたわ。ドウェイン殿下はどうしてどなたとも婚約なさらないのですか……？」

「それも、ウォルリナ公爵から聞いたのですか？」

「は、はい……！」

ドウェインは少し考えた後、困ったような笑みを浮かべて口を開く。

「……そう、ですね。マデリーン様は忘れていらっしゃるんでしたね。……僕の手は、普通とは違いますから」

「あ……」

「魔法の影響で皮膚が変色しているんです」

そう言って、ドウェインは手袋をしている手を強く握り込んだ。

もちろんマデリーンは彼の手首から指先までの皮膚が紫色に変色しているのは知っていたが、それが原因だとは思わなかった。

ドウェインの皮膚のことを気持ち悪いと思ったり、怖いと思ったりしたことなど一度もない。

実際に触れても何が起こるわけでもないし、ドウェインの手、と言われたとき、マデリーンが最初に思い出すのは、どんな人や物にも優しく触れるドウェインの手つきだった。

「この手を見て嫌がる女性は多い。今でも、これだけはずっと治らないんですよ」

そう言って少しだけ手袋を捲ると、紫色の皮膚がチラリと見える。

他の人がそんな風に感じていたなど思ってもみなかったが、確かに何も知らなければ病や呪いの類を連想してしまうかもしれない。

無神経なことを言ってしまったと口元を押さえた。

「ごめんなさい……失礼なことを」

「ははっ、いいんですよ。口では大丈夫だと言っていても無意識に身を引いてしまう方も多いのです。この手を見て目を逸らされないだけ、マデリーン様はお優しい」

実際、毒魔法が完全に未知の魔法であった頃は、ドウェインの手は魔力制御が出来ずいつ周囲に影響を出すかわからないものの象徴だったそうだ。

長じた後も治らない手を隠すように、ドウェインはいつも手袋をしていた。

それが原因で心ない言葉を浴びせられたこともあるらしい。

そのせいで、ずっと内気で引っ込み思案だったとパトリックから聞いたことがある。

『ドウェインは出来損ないだ』

そんな言葉でドウェインを馬鹿にし、彼の素晴らしい行いを伝えても、聞く耳をまったく持たなかったパトリック。

どうしてこんなにも素晴らしいドウェインを見下しているのか、パトリックの気持ちがまったく理解できなかったが、治らなかった手が、今も幼い頃のままだと思い込ませる一因になっていたのだろう。

「気持ち悪いと思う方もいて当然です。なので、僕は……」

暗い表情で語るドウェインの手を無意識に握った。

顔を上げた彼の紫色の瞳と視線が交わる。

今までパトリックの婚約者という手前、ドウェインとは一定の距離を保ったままだった。

けれどパトリックの婚約破棄した今ならば言える。

どこか遠慮気味な彼に、ずっと胸を張っていて欲しいと思っていた。

「そんなことないわ！」

「……え？」

「あなたの手は、たくさんの命を救う素晴らしい手ですわ！　もし何か言う方がいたら、わたくしが捻り潰して……っ」

そう言った後、何かが引っ掛かって口元を押さえた。

(このセリフ、あの時の……)

ドウェインの方をチラリと見ると彼の紫色の瞳が大きく揺れている。

「……あの、申し訳ございません」

「さすがマデリーン様ですね。あなたは記憶を失ったとしても何も変わらない」

「……？」

「マデリーン様は覚えていないかもしれませんが、幼い頃、少しずつ手が変色し始めた頃は、爪や肌にシミのような痣がたくさんありました。そんな時、ウォルリナ公爵邸で開かれたパーティーで、皆にそのことを揶揄われて落ち込んで海辺で泣いていたんです」

「…………え？」

「そんな僕にマデリーン様は……マデリーン様だけは、今と同じことを言ってくれました」

「……！」

マデリーンはドウェインの言葉に衝撃を受けていた。

もしかして……そんな考えが頭を過ぎる。

「マデリーン様だけですよ。僕を怖がらなかったのは。手を握りながら気にしなくていい、大丈夫だからと、必死になって僕を励まし続けてくれたんです。キラキラと海が輝いていて、それと同じようにあなたの笑顔がとても美しく思ったのをよく覚えています」

ドウェインはその時のことを思い出しているのだろうか。

今まで見たことのないような優しい笑みを浮かべている。

「僕はマデリーン様のその言葉に救われました……でなければ前向きになれずに心が折れていたかもしれません」

ドウェインはそう言って悲しそうに笑った。

黒い髪がサラリと流れて、紫色の瞳がマデリーンをまっすぐに見つめた。

「だから思わず言ってしまったんです。『今よりも強くなって、あなたに相応しい男になれたら、僕と結婚してください。僕が必ず君を幸せにするから』と。その勢いのまま真っ赤な顔をしたあなたの手を引いて、ウォルリナ公爵にも宣言しに向かったんです」

その言葉を聞いて、マデリーンは大きな違和感を覚えていた。

(どうして、あの時のことをドウェイン殿下が知っているの⁉)

噛み合わない何かが重なりそうになっている。混乱する頭を必死で整理していた。

過去の父の言葉、そして先ほど父が言っていたことが頭をよぎる。

『マデリーン、本当にそれでいいのか？』

『マデリーンはあの約束を大事にしていると思っていたが、パトリック殿下がいいと言うなら仕方ないと思ったんだ。マデリーンが望むなら構わないと……』

幼い頃、パーティーの記憶の中。

そのセリフを言ったのはパトリックと同じ、オレンジ色の髪に金色の瞳の少年だったはずだ。

その記憶だけは絶対に間違っていない自信があった。

けれど約束の内容を今、口に出したのは彼なのだ。

今まで、この約束があったからパトリックとの婚約関係を続ける。

泣きながらも懸命に『強くなる』『成長する』と言ったその子を守ってあげなければと、そう思ったから……

(彼はパトリック殿下ではないの？　けれどドウェイン殿下は黒髪に紫の瞳で……)

あまりの衝撃に、マデリーンは記憶を無くしている設定を忘れてドウェインに告げる。

「あの時、わたくしにそう言ったのはパトリック殿下と同じ、金色の瞳とオレンジ色の髪の男の子だったはずですわ……！　随分と昔のことではありますが、間違いありません！」

「え……？」

ドウェインは驚いたように目を丸くする。

そして彼の口から出たのは信じられない事実だった。

「僕は昔、兄上と同じ髪色と瞳の色でしたが……」

「────ッ!?」

あまりの衝撃にマデリーンは言葉が出なかった。

「まだ僕たちは幼かったから、覚えていなくてもしかたありませんよ」

「……そんな、でもっ」

「あの後、あなたを守れるような強い男になるためにはこのままではダメだと、魔法をコントロールできるよう訓練に打ち込んでいました。その副作用でしょうか、体に魔力が馴染むと同時に、髪の色は黒に、瞳は紫色になったんです」

「――ッ！」

「あの約束から数年後、やっと顔合わせという日に今までの無理が祟って体調を崩してしまったのです。僕は、あの日のことを今でもずっと悔いています」

それを聞いて愕然とした。

あの約束をしたのは、パトリックではなく、ドウェインだったのだ。

しかしどこか腑に落ちる部分がある。あの少年がドウェインだとしたら何もかも辻褄が合う。

（だからお父様は止めたんだわ。だけど、わたくしはパトリック殿下が約束の相手だと思い込んでしまったから……）

『――やっぱりパトリック殿下は、公爵邸で開かれたあのパーティーの時のことを覚えていてくださったんですね！』

『えっと……ああ、もちろんだ。あの時のことだな。ちゃんと覚えているさ！』

この会話と、髪と瞳の色でパトリックが約束の相手だと思い込んでしまったのだ。

（あの時、パトリック殿下は適当に話を合わせただけだったのね！）

ドウェインに会うことを拒否したのは嘘がバレてしまうことが嫌だったからなのだろう。

『今すぐに婚約の手続きをしたい』

『マデリーン嬢を取られたくないんだ！』

『ほら、約束したじゃないか！』

そう言われて舞い上がって、渋る父を説得したのだ。

（………………嘘、でしょう？　結果的に、わたくしがドウェイン殿下との約束を破ってしまっていたの……？）

幼かったとはいえ、パトリックとドウェインを間違えてしまった。

パトリックがあの時の相手だと信じ込んでいた自分に愕然とするのと同時に、魂が抜けたように動けなくなってしまう。

「今だから話せますが、マデリーン様が兄上と婚約したと聞かされた時は絶望しました」

「……ドウェイン殿下、わたくしはっ！」

「しかしその後も、マデリーン様だけは僕に変わらず接してくれました。それが嬉しくて……」

色々な感情がせめぎ合って後悔が押し寄せる。

罪悪感が顔に出てしまったのだろう、マデリーンの表情を見て慌てて口を開く。

「そんな顔をしないでください。あなたのせいではありません。幼い頃の口約束を覚えていないのは当然ですから」

「……いいえ、わたくしのせいですわ」

「マデリーン様、僕があの日からアプローチし続けていれば、きっとあなたは約束を忘れることなんてなかったんです。カッコつけて、何年も何も言わずにいた僕が悪い。強くなった姿を見てマデリーン様に僕を選んでもらいたかった、というのは僕のエゴだ」

苦い笑みを浮かべるドウェインの表情を見て唇を噛んだ。

パトリックとドウェインは幼い頃は同じ髪と瞳の色を持っていた。

マデリーンがドウェインと会わなかった数年のうちに、ドウェインの髪や瞳の色が変わってしまったようだ。

皮膚の色が変わるような強い魔法だ。それ以外に影響があってもおかしくないのに、それに思い至らずにパトリックが約束の相手だと思い込んでいたのだ。今までずっと……

（わたくしはなんて間違いを……そうよね、よく考えたらパトリック殿下とドウェイン殿下はこんなにも違うもの）

約束通り、強く優しくなったドウェインを見つめる。

「……わたくしが約束を破ったのに、ドウェイン殿下はずっと約束を守り続けてくれていたのですね」

しみじみと呟けば、ドウェインは驚いたようにマデリーンを見た。

「マデリーン様、記憶が……？」

マデリーンは口元を押さえる。卒業パーティーまでは記憶喪失のままでいた方がいい。

「いっ今、一瞬だけ何か思い出したような気がしましたの！」

「そうですか。力になれてよかったです」

マデリーンは誤魔化すようにニコリと笑う。

「ええ。ですから、ドウェイン殿下の覚えていることをすべて話してくださいませんか？　もしかしたら記憶が戻る手掛かりになるかもしれません」

「はい、もちろんです」

ドウェインは当時の色々なことを話してくれた。その度に薄くなっていた記憶が鮮明に蘇る。

もしもあの時、マデリーンが選択を間違えなければ、今頃ドウェインの婚約者として前向きな未来を歩めていたのかもしれない。

愛されて幸せな人生を送っていたかもしれない。そんな甘い考えが頭を過ぎる。

マデリーンの努力が無駄ではなかった。約束を胸に己を磨いてきたのは自分だけではない。

そう思うととても嬉しくて、今すぐドウェインに謝りたかった。

だが、今は歯痒い思いをしながらドウェインの話に相槌を打つ。

「マデリーン様は兄上の婚約者になってから、どんどん顔色が悪くなっていきました。あなたの助けになれたのならどんなによかったか……婚約者ではない僕にできることは限られていますから」

ドウェインの気持ちを知る度に、マデリーンに申し訳なさが押し寄せる。

(だから、いつも何か言いたげにしていたのかしら)

ドウェインが本来の約束の相手とも知らず、パトリックのために懸命に努力していた。

そんなマデリーンの姿を見て彼はどう思ったのだろうか。

「不謹慎だと承知の上で、今、僕は神に感謝しているんです。こうしてマデリーン様と向き合える日がくるなんて夢のようで……」

「……ドウェイン殿下」

「こんなになるまで追い詰められていたなんて気付くことができずに申し訳ありません。できるならば今度は僕があなたを守りたいんです……！」

「え……？」

「記憶を失っているマデリーン様にこんなことを言うべきではないのかもしれません。ですが、記憶が戻ったらあなたの気持ちは兄上のものかもしれない、そうなる前に言わせてください」

どうやらドウェインは、マデリーンがパトリックのことが好きで婚約しているのだと思っているようだ。

マデリーンとパトリックの関係を間近で見ていたからこそ、そう思うのだろう。実際、こんなことになるまではパトリックを愛していた……愛しているのだと言い聞かせていたのだから。

「兄上のためにあんなに努力して尽くしているマデリーン様を見て、僕は嫉妬するばかりでした。兄上が羨ましくて仕方なかった」

ドウェインの言葉に胸が痛む。自分が頑張れたのは、ドウェインとの約束があったからだ。

そう伝えようとして唇を閉じる。まだ今は言えない。

「こうして毎日ウォルリナ公爵邸に顔を出すのも、またマデリーン様が兄上の元に戻りたいと言うのが怖いんです」

困ったように笑ったドウェインは今にも泣き出しそうだった。

「この数日間は僕にとって夢のような時間でした。本当にありがとうございます。マデリーン様」

「ドウェイン殿下……？」

「ずっと……ずっと、あなたの瞳に僕だけが映る日を夢見てきました」

そう言われて思わず顔を伏せた。

こんな真剣に気持ちを伝えてくれるドウェインに対して、嘘をつき続けることに申し訳なさで頭が一杯になっている。

その時だった。

「あなたの優しさにつけ込む僕を許してください」

そう言われて意味がわからずにマデリーンは顔を上げた。

ドウェインの手が伸びて、マデリーンの髪を一束取って唇を寄せる。マデリーンは目を見開いた。

紫色の瞳がまっすぐこちらを見つめている。薄い唇が開いて、低く力強い声が耳に届いた。

「あなたを愛しています……心から」

熱い視線と紡がれる言葉が、その想いの強さを証明してくれているようだ。

ボッと音が出るほどに赤くなったマデリーンの顔を見てドウェインは柔らかく笑う。

そして「また明日来ます」と言って、部屋から去って行ってしまった。

ドウェインの気配が部屋から完全に消え去っても、高鳴る心臓は抑えられそうにない。

離れた熱を求めるように無意識に髪に手を伸ばす。

(愛してる？　も、もしかしてドウェイン殿下がずっと婚約者がいなかった理由は……)

マデリーンは自らを落ち着かせるように胸元に手を当てて深呼吸をした。

先ほどの言葉が頭から離れない。
（ドウェイン殿下、ごめんなさい。ずっと約束を守ってくださって本当にありがとう）
古びた日記帳を開いて今日の出来事を書き込んでいく。
書き終えた日記を抱きしめて温かい気持ちで眠りについた。

【第四章　約束と幸せ】

六日目の朝、目が覚めてすぐに引き出しの中にあった日記帳を取り出して抱きしめた。

(……ついに明日が、卒業パーティーね)

マデリーンは大きな溜息を吐いた。

足の具合はよくなってきているものの、この状態で長時間立ち続けるのはやはり無理がある。

今まで自分の身は自分で守ることが当たり前で、怪我をすることなど滅多になかったので新鮮な気分だ。

記憶がないことは皆には伝わっていないため、表向きは怪我で立ち続けることが難しいことだけを周知し、落ち着くまで表に出ない方がいいだろうという判断になった。

父は昨日、そのことを学園長に伝えに向かい、非常に残念ではあるが欠席も致し方ないと告げられたそうだ。それを聞かされ、マデリーンは心の底から安堵した。

パトリックとの婚約は解消されたとしても、卒業パーティーに参加することはまだ気が引けた。

マデリーンから動いたことで日記に記されていた未来とは違う道に進んでいるのだろう。

しかし、信頼していた友人たちに裏切られる未来はまだ残っているかもしれないと思ったからだ。

今回の件で、いい意味でも悪い意味でも新しく気付けたことがたくさんある。

マデリーンは日記帳をギュッと抱きしめてから、いつもの場所に戻す。

この日記帳のおかげで運命が変わったことだけは確かだ。

あの恐ろしい未来を少しでも遠ざけることができたはずだが、卒業パーティーが終わるまでは安心できない。

自らを落ち着かせるように、ゆっくりと息を吐き出した。

（ドウェイン殿下は今日も来てくださるのかしら……）

ドウェインはあの日の約束を今でもしっかりと覚えていてくれている。

約束を守るために自分と同じように懸命に努力をしてくれていたと知ることができて嬉しかった。

髪色と瞳の色で勘違いしていたが、今まで噛み合わなかった歯車がピタリと合わさった、そんな感覚だった。

『あなたを愛しています……心から』

昨日、ドウェインから言われた言葉を思い出して熱くなった頬を押さえる。

今日はどんな顔をしてドウェインに会えばいいのか、そう考えていた時だった。

「――お待ちください、困ります！」

「いいから会わせてくださいって言っているんです！」

「お帰りください、旦那様の許可がなければ……っ」

「わたしはただ話したいことがあるだけですから！」

部屋の外が妙に騒がしい。扉が勢いよく開閉されるバタバタと激しい音。

侍女たちの慌てるような声がどんどんとこちらに近付いてくる。

(どうしたのかしら……?)

マデリーンは廊下で激しく言い争う声に不安を感じていた。

じんじんと痛む足を引き摺りながら扉を開き、外の様子を見るために少しだけ顔を出すと……

「……!」

見覚えのある薄ピンク色のウェーブのかかった髪。

明るい色の生地とレースやリボンがあしらわれた可愛らしいドレスと甲高い声。

そこにいたのは、信じられないことにローズマリーだった。

護衛や侍女たちに止められているが、花の魔法を使い強行突破しながら一つずつドアを開いて中を確認しているではないか。

自分勝手な行動を繰り返すローズマリーに開いた口が塞がらない。

皆が必死に制してはいるが彼女の耳には届いていないのか、お構いなしに廊下を進んでいく姿が見えた。

(……花魔法って、こんな使い方もできるのね。花をばら撒きながら素敵と足止めをしているのかしら?)

こんな時に限って、マデリーンの家族は誰も屋敷にはおらず出払っていた。

父は今回の件で学園長と話すべきことがまだ残っているため学園に向かい、母は父の代わりに公爵夫人でも代行可能な仕事へ、兄もそろそろ騎士団に顔を出さなければと出かけて行く。

更に従者の中で特に腕に自慢のある者が買い出しに出掛けており、タイミングは最悪だった。

「マデリーン様と会わせてください！　どうしてもお話がしたいんですっ！」

侍女や護衛たちが制する言葉を無視して、一方的に投げかけられる言葉。

こちらの話を聞く気がないのか、自分の話をすることに一生懸命なのかは知らないが、許可もなしに勝手に屋敷に上がるなど非常識だ。

（ローズマリー様に常識を求めても仕方ないのかしら）

それは学園で共に過ごしていた時に判明していることである。

何かを言う度に『そんなことを言うなんてひどすぎますっ！』『マデリーン様はわたしのことが嫌いなんですか？』『怖いですぅ』と言われたことを思い出す。

本人はシーア侯爵邸でマナーを身につけたと自慢気に言っていたが、とてもそうは思えなかった。

それに仮にマナーをまったく知らなかったとしても、規律を破っていい理由にはならない。

皆を代表して注意しても、普通ならば通じるような言葉もローズマリーにはうまく伝わらない。

彼女はそれを直すことはなく、気にする様子もなかった。

しかし貴族社会では見ない天真爛漫な性格と無垢な笑顔で次々と令息たちを虜にしていったのは事実だ。

そして途中からはパトリックに狙いを絞っていたように思う。

パトリックは自分のモノだと見せつけるように、彼を利用して周囲を威圧していた。

今にして思えば、あの時点でマデリーンがすぐに国王や王妃、父や母に相談すれば、日記に書いであるような結末になることなく解決できたのだろう。

自分の立場とプライドに固執しすぎて、周りを頼らなかったのは悪手だった。

そんなことを考えているうちにも、扉の隙間からはビュービューと色とりどりの花びらが部屋に流れ込んでくる。

それでもマデリーンがいる部屋に入って来ない様子を見るに、索敵に使っているわけではなく、ただ感情のままに花を出しているだけのようだ。

そういえば、研究所には通っていたようだが、彼女が己の魔力を高めている様子はない。

まだ花と花びらを出すこと以外はできないし、それもきちんとコントロールできているわけではないと聞いたことがある。

つまり、今も自分が花びらを出したいからではなく、感情のままにばら撒いているのだろう。

これ以上放っておけば、屋敷が花で埋め尽くされてしまうかもしれない。

ローズマリーと会うことは面倒の一言に尽きるが、大好きな侍女たちや大切な護衛たちに、これ以上迷惑を掛け続けるのは気が引けた。

改めてローズマリーの厄介さを再確認したところで、扉に手を伸ばす。

(今度はあなたに負けたりしないわ……！)

二度も同じ失敗を繰り返すつもりはない。

それに今、マデリーンは記憶喪失中という設定なのだ。うまくいけばそれを利用して、ローズマリーを屋敷から追い返せるかもしれない。

マデリーンは意を決して扉を開き、部屋の中から顔を出す。

「なんだか騒がしいわね。何かあったの？」

「マデリーンお嬢様……！　お部屋から出てはなりません」

「早くお部屋にお戻りくださいっ！」

侍女たちが声を荒らげる。

そんな中、マデリーンの姿を確認したローズマリーは大きく目を見開いた。

そして凄まじい勢いでマデリーンの元に突進してくるではないか。

ローズマリーの必死すぎる表情に思わず腰が引けてしまい、無意識に扉を閉じようとしてしまうが、そこに差し込まれる足先。

「マデリーン様、やっと見つけたわ！」

「…………!?」

無理やり部屋のドアをこじ開けようとするローズマリー。

その行動を見て、マデリーンも顔が引き攣ってしまった。

これはマナーどころか、人としてどうなのだろうかと思ってしまう。

しかし、今回はやられっぱなしではいられない。

今までのやり方ではローズマリーに太刀打ちできないどころか話が通じないと学んでいた。

ならばローズマリーが意図しない方向から攻めるのはどうだろうか。気持ちを切り替えるようにしてマデリーンは笑みを作り直す。

そしてゆっくりと首を傾げた。

「あの、どちら様でしょうか？」

「え……っ!?」

今、マデリーンが記憶を失っていることは一部の人物にしか伝えられていない。

この反応を見る限り、パトリックからローズマリーには伝わっていないようだ。

（こういう人に普通に対応しようとしてもわかってもらえない……それならこっちだって）

ここは腕の見せ所ではないだろうか。

以前とはまったく違うマデリーンが現れたら、ローズマリーがどんな反応になるのか気になるところだ。

「まぁ、綺麗ですわね……！　こんなにたくさんのお花、どこから出てきたのかしら」

「え……？」

「誰かのサプライズ？　あらあら、廊下にもいっぱいですわ」

ローズマリーは心底驚いたように目を見張っている。

先手を打つことはできたのではないだろうか。

マデリーンは手を合わせてから、今までは絶対にしなかった満面の笑みを浮かべて、呆然としているローズマリーに問いかける。

「もしかしてあなたが素敵なお花を運んできてくださったのかしら？」

「……え……」

「こんなにたくさんのお花、一体どうやってあなた一人で持ってこられたの？　ぜひとも教えていただきたいわ」

「……マデリーン様、何を言ってるんですか？」

まさかローズマリーにそんな言葉を投げられる日が来るとは思わなかったマデリーンの口端がピクリと動く。

マデリーンは笑みを崩すことなく、彼女の問いを無視して答えた。

「わたくしのことをご存知なの？　もしかして、学園でのお友達かしら？」

「……は？」

「屋敷に遊びに来てくださったことはある？　ねえ、誰かこの方のためにお茶とお菓子を出してちょうだいな」

「ですが、マデリーンお嬢様……！」

「わたくし、丁度退屈しておりましたの。お話しいたしましょう」

「……なっ、なに？」

ローズマリーは眉間に皺を寄せたまま固まっている。

それでもマデリーンは歓迎しているという態度を崩さなかった。

侍女たちの心配そうな表情を見ながら申し訳ないなと思っていたが、マデリーンは動かなくなってしまったローズマリーの手を掴む。

部屋の中に入るように促すと、今度は逆にローズマリーの足に力が入る。

「ねえあなた……そうだわ、申し訳ないのだけれど、お名前を教えてくださらない？」

「な、なまえ!?　わたしの名前ですか？」

「ええ、そうですわ」

ローズマリーは瞳を左右に揺らしながら動揺しているように見える。

「ロ、ローズマリーです……」

「ローズマリー様。とても素敵なお名前ですわね！　可愛らしいあなたにピッタリだわ」

マデリーンは床に落ちていた花を拾ってローズマリーの髪に飾る。

「とってもお似合いですわ」

そう言いながら頷く。もちろん嬉しそうにニコニコとした表情をキープしたままだ。

マデリーンの様子を見ていたローズマリーがハッとした後に口を開く。

「……あっ、ありがとう、ございます」

「ウフフ、わたくしには何色が似合うかしら？　ローズマリー様はどう思います？」

マデリーンはまた、床に落ちている花を拾い上げる。

「白なんてどうかしら？　あ、このお花も素敵だわ」

「えっと、本当に……マデリーン様ですよね？」

その言葉に、マデリーンは動きを止めた。

それから花を選んでいた腕を落として、困ったように眉を寄せる。

わかりやすく、落ち込んでいる、と示す仕草と表情だ。

「ええ。ですが……実はわたくし、以前の記憶がなくてあなたのことも何も覚えていませんの。折角、ここまで足を運んでいただいたのに申し訳ないわ」

「嘘……本当に記憶がないのですか⁉」

「えぇ、そうなのです。ローズマリー様のことも何か思い出せたらいいのだけれど……」

ローズマリーは驚いているのか、大きな目を目一杯見開いている。

侍女たちは心配そうにマデリーンとローズマリーが話す様子を見守っている。

マデリーンはこのままローズマリーに質問をぶつけてみることにした。

「わたくしとローズマリー様はどのような仲でしたか？」

「えっと……」

「お茶は一緒にする仲でしたか？　いつ頃からのお知り合いでしょうか？」

「………あの」

「連絡もなしに屋敷に訪れるくらいですもの。きっとすごく親しかったのね！」

さすがのローズマリーも思うところがあったのだろうか。珍しく困惑していた。

マデリーンはキラキラとした目を向けながらローズマリーの両手を包み込むように掴む。

今までのマデリーンの性格や行動と比較して、いっそよく似た他人と言われたほうが納得できるのだろう、矢継ぎ早に飛ぶ質問にどう対応していいのかわからないらしい。

ローズマリーは吃りながら何と答えればいいのか迷っているようだ。

「もしかして、ローズマリー様は学園で知り合ったお友達でしょうか？」

ローズマリーはその言葉に小さく頷いた。

「まぁまぁ……そうなのですね。いつもわたくしと一緒にいてくださったの？　ですがローズマリー様からお手紙はいただいていないようですけど」

サイドテーブルに山のように置かれている未開封の手紙の山をチラリと見る。

すると焦ったようにローズマリーは声を上げた。

「仲はそんなによくなかったんですけど、よく話しはしてました！」

「え……？　わたくしたちは仲がよくなかったのですか？」

「はい、そこまでは！」

元気よく頷くローズマリーに、マデリーンは苦笑いをするしかなかった。

「……そうなのですね。では何故ウォルリナ公爵邸に……？」

「それは用があって仕方なく……そう、仕方なくですっ！」

どうやらローズマリーは嘘をつけない性格のようだ。力強く言われても説得力はない。

仕方なくとはどういう意味なのか突っ込みたいところではあるが、マデリーンはぐっと堪えた。

「それでは、今日はわたくしに何か？」

「それは……っ」

「もしかして何か伝えることがあったのでしょうか？」

マデリーンがそう言うとローズマリーは大きく頷いた。そしてマデリーンが想像もしなかったことを口にする。

「マデリーン様は卒業パーティーには出席しないのですかっ⁉」

その質問に事情を知る侍女たちは怒りを露わにする。

誰のせいでこんなことになったのか、そんな心の声が漏れていた。

学園とは違い、味方がたくさんいるので心強い。

しかし、これだけ敵意が篭った視線を向けられても平然としているローズマリーには驚きを通り越して呆れてしてしまう。

マデリーンは、表向きは何のことだかわからないという姿勢を崩さなかった。

「卒業パーティー？　確か、お父様が」

「ッ、ウォルリナ公爵と参加するのですか⁉」

「そうではなっ……」

「あぁ、よかった……！」

「…………」

すぐに話を遮るローズマリーに苛立ちを感じる。

そもそも、この国において卒業パーティーとは、社交界に入る前の最後の無礼講の場だ。

もちろん、暗黙の了解はあるが、最後の思い出作りをする場所である。父親にパートナーを頼んで卒業パーティーに参加することなどありえない。

（平常心、平常心……）

何度も脳内で呟いてから、どうにか会話を続けようとする。

「残念ながら、お父様と参加するわけではございませんわ」

「なら、ラフル様と参加されるのですかっ⁉」

「いいえ。お兄様は仕事がありますから」

「え……？　じゃあ誰と……？」

また遮られてしまう。マデリーンは自らを落ち着かせるように深呼吸を繰り返す。

「わたくしは卒業パーティーには参加いたしませんわ」

「なっ、何で出席しないなんて言うんですか⁉」

ローズマリーの言葉にピクリと眉が動く。

『どうしてあなたにそんなことを言われなければならないの？』

いつもならこのように言うところだが、いつもと同じではダメなのだ。

こんな時、ローズマリー相手にはどうするべきなのか考えて、反撃のためにゆっくりと口を開く。

「……ご、ごめんなさい、ローズマリー様……っ」

「……！」

マデリーンは口元に手を当て、懸命に瞳を潤ませて、ショックを受けている様子を見せる。

それにはローズマリーも少なからずたじろいでいるようだ。

「わたくし、何か悪いことをしてしまったのかしら。ローズマリー様にそんな強い言葉で責められるなんてっ」

「べ、別に責めてるわけじゃ……！」

「そんな風に言われると思わなかったんです。わたくし、わたくし……ごめんなさいっ」

「……っ！」

ローズマリーの瞳は右往左往して焦っているようにも見える。

「わたくし、足を怪我してしまって……長時間立ち続けることが困難なので、パーティーには参加できませんの」

そう言ってスカートを持ち上げ、包帯を巻かれた足を見せた。大袈裟に足を引きずってみせることも忘れない。

しかしそんなマデリーンの努力も虚しく、ローズマリーはまったくこちらを見ていない。

パーティーに参加しないと言ったことがショックなのか、こちらの話を聞いていないようだ。

「そんな……ありえないわ。だって……悪い魔女がいないと物語が完成しないのに」

ローズマリーはブツブツと何かを呟いている。

マデリーンはあえてローズマリーに卒業パーティーのことを問いかけてみることにした。

「ローズマリー様は卒業パーティーには参加されるのですか？」

「えっ……あ、はい。参加しますけど」

「わたくしの分まで楽しんできてくださいね。どんな様子だったのか是非とも教えてくださいませ」

「それは、別にいいんですけど……でもっ」

ローズマリーが一瞬言いよどんだ後、マデリーンに叫ぶように問いかける。

「もしかして、マデリーン様はパトリック殿下のことも忘れてしまったのですか⁉」

その名前にピクリとマデリーンの眉が動く。

「パトリック殿下……？　あぁ、確か一度お会いしたような……オレンジ色の髪の方ですわよね？」

「パトリック殿下はここに来たんですかっ⁉」

「はい、いらっしゃいました」

「本当に今までのことを何も覚えてないんですか⁉　学園でのことも？」

「はい、残念ながら何も覚えておりませんわ」

そう言うとローズマリーは何か考えている素振りを見せた後に、嬉しそうに顔を上げた。

「マデリーン様、パトリック殿下をわたしにください！」

「…………」

ローズマリーの言葉に、侍女たちから怒りを越えて殺気に満ちた気配が滲む。

放っておけば殴りかかりそうな彼女たちを、笑みを浮かべたまま片手で制する。

今、パトリックとローズマリーの関係がどうなっているかは知る由もない。

だが、ローズマリーが押し掛けてくるあたりパトリックとの仲に何かあったに違いない。

父の言葉を聞くに、パトリックは今、追い詰められた状態ではないのだろうか。

自分の王位が遠のいて居ても立ってもいられないだろうが、ウォルリナ公爵邸にも来ることは父に止められて踵を返すしかないのだろう。

そのあたりはこうして無遠慮に押しかけてくるローズマリーより、まだパトリックの方がマシなのかもしれない。

それはさておき、確実に言えるのは、ローズマリーにとっても何かよくないことが起こりつつあるのだろう。

先ほどまで、マデリーンがパーティーに行かないと言っているにもかかわらず『来て欲しい』という強い意志が感じとれた。

（ローズマリー様は卒業パーティーで何が起こるか知っているのね。だからわたくしに来て欲しい……そういうことね）

マデリーンがパーティーに出席しないことに対して抵抗を示していたローズマリー。

あの日記に書いてあることが真実だったとすると、やはりパトリックとローズマリーは皆の前で、マデリーンを国外追放しようとしていたのだろう。

ならばローズマリーの言葉も辻褄が合う。

マデリーンが悪評を得たうえでいなくならなければ、醜聞なしにパトリックを自分のものにすることはできないからだ。

（おそらく、ローズマリー様はただパトリック殿下と結ばれたいだけね。後先考えずに無鉄砲な行動を取るあたり、自分が何をしているのか、これから何が起こるのかわかっていないんでしょうけど……）

マデリーンは小さなため息を吐いた。

しかしパトリックが欲しいと言われたら、答えは決まっている。

「ええ、どうぞ」

「いいんですか!?」

「もちろんですわ。記憶をなくす前は婚約者だったと伺いましたが、今のわたくしとパトリック殿下は赤の他人です。もう関係ありませんから」

パトリックとマデリーンの婚約は正式に解消されたはずだが、公には発表していない。

ローズマリーはその事実をまだ知らないのだろう。

その言葉にローズマリーは嬉しそうに笑みを浮かべた。

「やったぁ！　ふふ、嬉しい」

彼女は飛び跳ねて喜んでいる。まるで欲しい玩具を得た子どものようだ。

だが、二人が結ばれたとしても幸せは訪れない。

関係が崩れていくのは時間の問題としか思えなかった。

「ウフフ、よかったですわね。ローズマリー様」

「はい！　とても安心しました」

パトリックを手に入れたことで安心したのか、ローズマリーはコロリと態度を変えて心を許したかのように親しげに話を始めた。

その切り替えの早さはいっそ羨ましいとすら思ってしまう。

「そうそう、聞いてくださいよ、マデリーン様！　パトリック殿下、ずっと変だったんですよ」

「変……？」

「そうなんです！　パトリック殿下がプレゼントしてくれたドレスを卒業パーティーで着ちゃダメだって言うんですよ。わたしはあのお花のドレスを着てパーティーに出ないと幸せになれないのに……」

そのローズマリーの言葉に大きな違和感を覚えた。

ただパトリックと結ばれたいだけの言動だとばかり思っていたが、ローズマリーは何か他に目的があって、パトリックに近づいたのだろうか。

そんなことを考えている間に、ローズマリーはペラペラと自分が置かれている状況を話してくれた。

「それに研究所に行った時なんて、皆さんわたしを避けるんですよ！　ひどいでしょう⁉」

「まぁ……！　それは大変」

「パトリック殿下だってそうです！　マデリーン様じゃなくて、わたしを心から愛してるって言っていたのに、いきなり避け始めるなんて、絶対におかしいですよね⁉」

それを公にはまだ婚約者であるマデリーンの前で言える図太さに驚かされるばかりだ。

『おかしいのはあなただ』と言ってやりたいところだが、そう言って喚かれるのも面倒なので、マデリーンはローズマリーの話を聞きながら頷いていた。

「わたくしにはよくわかりませんが、少なくともわたくしとパトリック殿下については、先ほども申し上げたとおりもう無関係です。なのでローズマリー様の好きになさったらよろしいのではないでしょうか？」

マデリーンはローズマリーに優しく諭すように言う。

するとローズマリーはパッと顔を輝かせた。

「そうですよね！　ありがとうございます、マデリーン様。すぐにパトリック殿下に報告しに行かなくちゃ！　パトリック殿下ってば、わたしにいつでも会いにきていいって言ってくれたんですよ。フフッ、きっと喜ぶわ」

「……。それは素敵ですわね」

つまり、王家の人間でも婚約者でもない人間を王城に入れる許可を出したのか。

マデリーンはパトリックの軽率な言動に嫌悪感を抱いていた。

もう彼に対する情すらない。婚約を破棄できて心からよかったと思っていた。

「数日前からお父様も怒ってばかりいるし、変だなって思ってたんですけど…………やっぱりあの本の通り、わたしは王子様と結ばれる運命なんだわ！」

「……!?」

ローズマリーが言った『あの本』という言葉が妙に引っ掛かった。

何故か自分の手元にあった日記帳が頭に思い浮かぶ。

「ローズマリー様、あの本とは」

「それにマデリーン様がこんなにいい人だったなんて、知りませんでした。これからは仲良くできそうですね！」

「……え？　あぁ、そうね」

再び遮られる言葉。ローズマリーにとっていい人とは自分に都合よく動いている人を指すのだろう。

ローズマリーはマデリーンの手を握り、嬉しそうにブンブンと振っている。

そろそろ彼女の相手をするのも、表情も作り込むのも疲れたと思っていた時だった。

「――君は何をしているんだ」

少し離れた場所にドウェインが立っていた。今日もマデリーンのために持ってきてくれていたのだろう、手には向日葵の花束がある。

マデリーンはすぐに彼の元へ向かいたかったが、ローズマリーに手を握られているため不可能だった。

それに今のマデリーンは、記憶喪失であるという設定を貫くため、ローズマリーをあまり邪険にはできない。

ピクピクと痙攣する筋肉を必死に動かして、マデリーンは笑みを浮かべた。

「ごきげんよう、ドウェイン殿下。ドウェイン殿下はご存知かもしれませんが、こちらはわたくしの友人のローズマリー様……」

「そんな嘘をついてマデリーン様を騙そうとしたのか。ローズマリー・シーア、今すぐマデリーン様から離れろ！」

ドウェインは勢いよく部屋に入ると、ローズマリーの手を思いきり振り払う。

そしてマデリーンの体を引き寄せるようにして腰に手を回した。

初めて見る彼の厳しい表情と突然の行動にマデリーンは驚く。

ローズマリーと手が離れた代わりに、ドウェインの胸の中である。

「……よくも平然とマデリーン様の前に顔を出せたな」

「えっ……わたし？　ドウェイン殿下ってば、どうしてそんなに怒っているんですか？」

「君がマデリーン様の幸せを壊したんだぞ!?　それなのに……っ！」

ドウェインはローズマリーに対して敵意を剥き出しにしている。

今でもマデリーンの記憶が戻ればパトリックのそばにいることを望むだろうと思っている彼からすれば、そうなるのだろう。

実際、マデリーンが追い詰められたのはローズマリーがきっかけなので、間違いではない。

「ひ、ひどいです……！　わたしは何もしていないのにっ」

目を潤ませて周囲に助けを求めるように訴えかけているが、この場には誰一人としてローズマリーを助ける者はいない。

むしろドウェインの言う通りだと言わんばかりに頷いている。

「ひどいのは君のほうだ。どれだけマデリーン様を苦しめれば気が済む？」

「なっ……！　わたしは別に何も……っ」

「ルールを破り、マデリーン様の婚約者を奪っておいて、何故こうして平気でいられる？」

「わたしはマデリーン様から奪ってなんかないわ！　だってパトリック殿下は婚約を結んでいただ

けで、マデリーン様のものではなかったでしょう？」

「は……？」

「全部、最終的に手に入れた人が正しいの。どんな手を使っても、手に入れた人が勝ちなのよ？」

一瞬、ローズマリーの瞳が仄暗く歪んでいく。

吊り上がる口角は不気味に思えた。

「な、にを……」

ドウェインも会話が噛み合っていないことを少なからず動揺しているようだ。

しかしすぐにローズマリーに問い詰めるように言った。

「……侍女たちが僕に説明してくれた。君は一体、誰の許可を貰ってここにいるんだ？」

「許可？」

ローズマリーは口元に指を当てながら、可愛らしく首を傾げている。

本当に何が悪いのか、わかっていないようだ。

ドウェインはため息を吐いた後、説明するために口を開く。

「勝手に屋敷に上がるなど非常識にもほどがある。不法侵入だ」

「何を言ってるんですか？　わたしはマデリーン様とお話しに来ただけよ？」

「そんな言い訳が通用するか！　ウォルリナ公爵がこの場にいたら君は現行犯で牢屋行きだぞ」

牢に入れられるかまではわからないが、父がいれば、ローズマリーはこうしてマデリーンと話すことなく、国の治安を守る騎士団に突き出されていたに違いない。

「どうしてドウェイン殿下はわたしの話を聞いてくれないんですか？　わたしは何も悪いことをしてないわ。やっぱりドウェイン殿下は怖い人なのね……！　いつもわたしのことを睨みつけているもの！」

「はぁ……話が通じない。どうすればいいんだ」

ドウェインは額を押さえて首を左右に振っている。

先ほどマデリーンも経験したが、ローズマリーは自分の意見はすべて受け入れられると思っているのだろう。相互理解がまったく進まない。

ローズマリーはドウェインを睨みつけながら叫ぶように言った。

「それにドウェイン殿下は出来損ないで役立たずだって、パトリック殿下がいつも言っていたもの！」

「……ッ」

「それにその手袋もそう！　毒の魔法を使うなんて、気持ち悪いわっ！」

マデリーンはローズマリーの言葉に大きく目を見開いていた。これ以上、ドウェインを傷つけたくはない。

そんな思いからマデリーンは声を上げる。

「ローズマリー様、それ以上はいけませんわ！」

マデリーンが大声を出したことに驚いたのか、ローズマリーは何故そう言われたのかわからないと言いたげにこちらを見ている。

目の前で人を傷ついているのに平然としているローズマリーが恐ろしく思えた。

しかしローズマリーは鋭くマデリーンを睨みつける。

「マデリーン様ってば、いきなり大きい声を出すのはよくないと思います！　そんなだからパトリック殿下に愛想を尽かされるんですよっ」

「……っ」

「――貴様ッ！」

「ひっ……!?　きゃあ……！」

ドウェインの怒りに反応するように紫色の薄い霧が広がり、次々に床の花を枯らしていく。

そうして床に溜まった霧は紫色の蛇のような形になると、威嚇するようにローズマリーの周りを巻き込んでいく。

それを見たローズマリーは、恐怖で震えながらその場にへたり込んでしまった。

暗い色の花がローズマリーの周りから現れるが、霧に包まれると次々に枯れていく。

「嫌……っ、何これ、怖いっ！　いやぁあぁ！」

叫び声と共に暗い色の花が現れるが、すぐに枯れていく。

「今すぐにここから去れっ！」

「苦しっ、助けてぇ……パトリック殿下ぁ！」

ローズマリーが泣き叫んでいてもドウェインは魔法を使うことを一向に止める様子はない。

（このままじゃいけないわ……！）

ローズマリーを鋭く睨みつけるドウェイン。

彼の気を逸らそうとマデリーンは再び大きな声を上げる。

「ドウェイン殿下、やめてください！」

魔法を使った影響なのか、ドウェインの手袋は溶けてしまい、紫色の皮膚が露出していた。

その固く握り込まれている手を、包み込むように触れる。

ドウェインはマデリーンの行動に驚いたのかピタリと動きを止めた。

そして紫色の皮膚が露わになったことに気が付いたのか、反射的に手を引こうとする。

そんなドウェインの手に、逃げられないようそっと指を絡ませ、手の甲に頬を擦り寄せた。

ドウェインは動揺しているのか、紫色の瞳は左右に揺れている。

「ドウェイン殿下、わたくしは大丈夫ですから」

「――ッ！」

マデリーンがそう言って微笑むのと同時に、紫色の霧が一瞬で晴れていく。

ローズマリーはガタガタと震えながら怯えている。侍女たちも少なからずドウェインの強大な力に恐怖の感情を向けていた。

「どうか落ち着いてください、ドウェイン殿下」

マデリーンの扱う水魔法や氷魔法も、使い方を誤れば一瞬で人の命を奪うことに繋がり、それを利用して人を脅すことは実は造作もない。

身近な魔法故に、そこまで恐怖心を抱かれることがないだけだ。

しかし毒属性は希少な魔法である上、毒という言葉のイメージから恐怖を与えやすい。

きっとこの後、ドウェインは、関係のない侍女たちまで怯えさせてしまったと、ひどく落ち込むことだろう。

それがわかっていたからこそ、マデリーンはあえてドウェインの手に頬を擦り寄せたのだ。

ドウェインに触れることは怖くないのだと、周りに知って欲しかったのかもしれない。

(……この手は、絶対にわたくしを傷付けたりしないわ)

ドウェインは震える手でマデリーンの手を握り返す。

祈るように瞼を閉じてから手を離した。

「マデリーン様、申し訳ありません」

「大丈夫ですわ。むしろ花びらが枯れて掃除がしやすくなりましたもの……ね?」

マデリーンが笑顔を浮かべながら侍女たちに問いかけると、皆が首を縦に振った。

顔を上げたドウェインは申し訳なさそうにしている。

「……マデリーン様」

「わたくしを守ろうとしてくれたのですね。ありがとうございます、ドウェイン殿下」

今にも泣きそうなドウェインを慰めるように、マデリーンは頬に指を滑らせた。

「皆さま、ローズマリー様を玄関まで送ってくださる?」

マデリーンがそう言うと、侍女たちや護衛はすぐに動き出す。

「ですが、マデリーンお嬢様……! 騎士団に連絡をした方がいいですよ！」

「ええ、一報は入れてもらうわ。それから、お父様にも報告してちょうだい」

「かしこまりました」

大事にしたくないのだと解釈してくれたのだろう。侍女たちは力強く頷くと、ローズマリーの腕を引いて無理矢理立たせた後にグイグイと背を押した。

今度は抵抗することなく、ローズマリーは大人しく玄関へと向かったようだ。

手早く騎士団と父に連絡をして、ローズマリーを連行してもらいたいところではあるが、それでは簡単に終わってしまう。

(意地が悪いかもしれないけれど、ローズマリー様には己の罪をキチンと自覚してもらいましょう)

静まり返った部屋の中で、ドウェインからスッと体を離した。

ドウェインは泣きそうな顔でなくなった代わりに、顔を真っ青にして口元を押さえている。

「申し訳ございません。皆を傷付けるつもりはなかったのですが、マデリーン様のことを言われてつい、感情的になってしまいました」

「ドウェイン殿下……」

「…………どうして、僕は、こんな」

唇を噛むドウェインをマデリーンはそっと包み込むように抱き締めた。

「ドウェイン殿下、大丈夫ですわ」

「……!」

「わたくしはこの手が好きです。優しい手ですから」

そう言うとドウェインの固くなっていた表情が少しだけ和らいだ気がした。

枯れた花びらの上に立ちながら、二人で笑い合う。

（よかった……いつものドウェイン殿下だわ）

ふと枯れた花びらで茶色い廊下の上、ドウェインが持ってきてくれた向日葵の花が見えた。

ローズマリーからマデリーンを引きはがす際、投げ捨ててしまったのだろう。

足を引き摺りながら歩こうとすると、ドウェインがマデリーンの体を抱えるようにして支えてくれた。

「どこか行きたいところがあるのですか？」

「ドウェイン殿下が持ってきてくださった花束が……」

「僕が取ってきますから、マデリーン様は座っていてください」

今のマデリーンの足では椅子に座りづらいのだと告げると、ドウェインはベッドまで丁寧に誘導してくれた。

その後、踵を返してから花束を拾い上げ、部屋に戻るなりその場に跪いて花束をマデリーンに渡す。

どうやらこの向日葵の花束はあまり影響を受けずにいてくれたようだ。ローズマリーに敵意を向けていたからこそ、ローズマリーが出した花だけが大きく影響を受けたのかもしれない。

「ありがとうございます、ドウェイン殿下」

「すみません。少し萎れてしまいました」

「花瓶に生けたら元気になりますわ」

「はい。あとでお部屋を掃除してもらわないといけませんね」

「……ふふっ、そうですわね」

先ほども言った通り、ドウェインのおかげで花が枯れてボリュームがなくなり掃除がしやすくなった。とはいえ花びらが散乱していることには変わりない。

「改めて、お見苦しいところを見せてしまい申し訳ございませんでした」

「いいえ」

「今日は、あなたに伝えたいことがあって来ました」

ドウェインは真剣な表情でこちらを見つめている。

「卒業パーティーの前に伝えられたらと、そう思ったんです」

顔を真っ赤にしながら視線を逸らしたドウェインを見て、マデリーンは彼がこの後何を言うつもりなのか察した。そして覚悟を決める。

「……わたくしも」

「え？」

「わたくしも、ドウェイン殿下に伝えたいことがございます。先にわたくしに話させてくださいませ」

ドウェインが誠実に想いを伝えてくれるなら、自分も誠実でありたかった。

マデリーンは、ドウェインに向き直り、すべてを包み隠さず話した。

パトリックたちの企みを知り、せめてもの抵抗にこのようなことをしたこと。

そのおかげで彼らは追い詰められて、マデリーンは助かったこと。

記憶喪失が嘘だということも……

「本当に、すべて覚えているのですか？」

「……はい、申し訳ございません」

頭を下げて謝罪するものの、しばらく待ってもドウェインから何も反応がないことが気になり、顔を上げる。

ドウェインは目を見開きながら口をパクパクと動かしていた。

その顔は真っ赤になっていき、ドウェインは恥ずかしそうに視線を逸らした。

「あ、あの……」

「いえ……話してくださって、ありがとうございます。少々、恥ずかしくて……すみません。しかし、何故、僕にその話を……？」

「真剣なドウェイン殿下の気持ちを受け取るときに、嘘をついたままでいたくなくて」

「そうですか。マデリーン様らしいですね」

ドウェインは納得したように頷いた。

「それから、もうひとつ。ドウェイン殿下、あの時の約束を守ってくださりありがとうございました」

「マデリーン様、まさか……約束をっ⁉」

「はい」

ドウェインは困惑しているのか眉を寄せている。

「……なら、どうして兄上と？」

「わたくしは、ずっと勘違いをしていたのです。あの時のことを、『オレンジ色の髪に金色の瞳の王子殿下と約束をした』、とだけ覚えていて……」

顔合わせの際にパトリックが「約束を覚えている」と言ったことで勘違いしてしまったこと。

本当は約束の相手ではないためパトリックが当時の約束からどんどんかけ離れてしまってもあの日の思い出を心の支えに必死に努力してきたことを伝える。

「そのような理由があったなんて……」

「申し訳ありません、ドウェイン殿下……わたくしがよく覚えていなかったせいで」

「仕方ありませんよ。兄上がマデリーン様に嘘をついたんですから」

「ですが、結果的に、わたくしはずっとドウェイン殿下を裏切っていました」

マデリーンの声は震えていた。

そんなマデリーンを気遣うようにドウェインは静かに首を横に振る。

「マデリーン様が約束を覚えていてくれただけで幸せです。そのために努力してくれていたと知ることができただけで嬉しくて堪らないんです」

「けれど、わたくしはドウェイン殿下をずっと苦しませてしまいましたわ……っ」

「いいえ、そんなことはありません。この苦しさがあったからこそ、僕は以前よりもずっとずっと成長することができました」

ドウェインの前向きな言葉にマデリーンの心が軽くなっていく。

そしてドウェインはマデリーンの手を優しく握った。

「マデリーン様、改めて言わせてください。あの時から、ずっとあなたを想っていました」

「ドウェイン殿下……？」

「もう後悔したくありません。僕はマデリーン様を心から愛しています。あなたを守るためにここまで自分を高めてきました」

ドウェインの力強い眼差しを感じていた。

「今すぐでなくてもいい……ですから僕と共に歩む未来を考えていただけませんか？」

熱烈な告白に、マデリーンはその場から動けなかった。今までパトリックにもこのようなことを言われたことがないため、まったく耐性がないのだ。

熱い気持ちが溢れ出るように手のひらから伝わってくる。

しばらくは見つめ合っていたが、恥ずかしくなり手のひらで顔を覆う。

「マ、マデリーン様……？」

急にマデリーンが手を離したためドウェインの不安そうな声が聞こえる。

「そ、その……恥ずかしいので……見ないでくださいませ。できれば先ほどのような言葉も、嬉しいですが恥ずかしいので、控えていただけると」

「しかし、またマデリーン様を誰かに取られたりしたらと思うと気持ちを伝えずにはいられません。返事は求めませんので、伝えることだけは許してください」

「だ、誰も取りませんわっ！」

「いえ、あなたは自分のことを知らなさすぎます。マデリーン様は魅力的で優しくて知性があって、それに誰よりも美しくて……ずっと僕の憧れなんですから」

マデリーンは慌てて手でドウェインの口を塞いだ。

「これ以上、わたくしを褒めるのはやめてくださいませ……！　き、気持ちが追いつきませんわっ」

マデリーンがそう言うとドウェインは不満げに呟いた。

「……まだまだ足りないくらいですが」

「もう十分、伝わりましたからっ！」

ドウェインからすると、伝えるための障害がなくなった今、マデリーンへの想いが溢れて止まらないらしい。

マデリーンは受け止めきれないほどのドウェインの愛の言葉に戸惑っていた。

「僕にはずっとマデリーン様しか考えられなかった。それに、マデリーン様となら素敵な未来を築いていけると確信しています」

「ドウェイン殿下……」

ここでやっとドウェインが一旦口を閉じたことに安堵しつつ、マデリーンは深呼吸をした。

ドウェインの気持ちを聞いて、自分がどうしたいのか。

答えのようなものは存外すぐに出た。

幼い頃、約束を交わしたドウェインと共にいたい。互いを高め合いながら成長していきたいと思った。

けれど、どうにも恥ずかしさが勝って、逃げるような言葉が口をついて出る。

「一度父と話し合わないことには、わたくしの一存ではなんとも……」

「ウォルリナ公爵から許可は得ております。マデリーン様を口説き落とせたならば、婚約に賛成する、と」

「……っ⁉」

どうやらドウェインはマデリーンが思っていたよりもずっと用意周到だったようだ。

「あとはマデリーン様の許可だけです。マデリーン様を幸せにさせてください。ずっと、ずっと……あなたに焦がれていました」

ドウェインの唇がマデリーンの手の甲に触れる。

「マデリーン様、あなたを心から愛しています。僕と結婚してください」

＊　＊　＊

ローズマリーはまるでゴミを放り投げるようにしてウォルリナ公爵邸から追い出されてしまう。

あまりにも雑な扱いに愕然としてしまい、暫くはその場に座り込んだまま、放心状態で動けなかった。

しかし次第に怒りが込み上げてくる。

(正直に思ったことを言っただけなのに、どうしてあんなに怒るのよ)

ローズマリーはドウェインの魔法を初めて見たが、とにかく怖くて震えが止まらなかった。

蛇のように体に纏わりつく紫色の霧を思い出すだけでゾワリと鳥肌が立つ。

(……なんて気持ち悪いの)

パトリックの可愛らしい魔法と違って、とにかく恐ろしい。

そう思うのは仕方のないことだろう。

ドウェインは何かを必死に叫んでいたけれど、何を言っているのかローズマリーには意味がわからなかった。

(怖かったわ。パトリック殿下の弟なのに全然雰囲気が違うのね。研究所の人たちにもドウェイン殿下は大人気だったけど、あんなに怖い人だなんて思わなかった)

顔は整っているし、年齢の割には落ち着いている。女性たちからもパトリックよりも人気があることは知っていた。

今までも仲良くしようと話しかけていたけれど、最初から余所余所しい対応をされていた。

いつもこちらをじっと見ているから、パトリックと話していることが羨ましいのだと思っていたのに……。

(本当に変な人……パトリック殿下と同じ王子様だけど怖いし気持ち悪いから関わらないでお

こう）

ローズマリーはそう決意して馬車へと乗り込んだ。

ここに来るまでは焦りがあったけど、帰りは目的を果たせたことで上機嫌だった。

（マデリーン様に許可は貰ったし、これでパトリック殿下と結婚できるのね！）

マデリーンが記憶喪失になったのは予想外だったが、とてもいい人に変わっていて安心した。

（前は怒ってばかりで怖かったけど、今のマデリーン様は優しくて、とっても素敵だったわ。でも、やっぱりあんまり好きにはなれないのよね……どうしてかしら）

マデリーンとパトリックが赤の他人になったのならば、確実にローズマリーと結婚することができる。

それにあの素晴らしい花のドレスを着てパーティーに出られることが本当に嬉しかった。

（フフッ、早くパトリック殿下に報告しに行かないと。きっと大喜びして機嫌も直るわ）

今回のことを報告するため、御者に行き先を変えるように伝えて城へと向かう。

しかしローズマリーは門の前で止められてしまったのだ。

前はローズマリーの顔を見せるだけで門を開けてくれたのに、今日は「通せません」と意味のわからないことを言われてしまう。

ローズマリーはパトリックの名前を出しても態度は変わらない。

話が通じないので、先ほどのように花魔法を使いながら無理やり中に入る。

城の中に入ると居心地の悪い視線を感じていたが、それも今日までだ。

（これで今まで通りに戻るはずだわ……！）

すると運がいいことに、中庭のベンチに項垂れるようにして座っているパトリックを見つけることができた。

「パトリック殿下、やっと見つけたわ！」

「なっ……！　ローズマリー、どうしてここにッ!?　もう城には……っ」

「パトリック殿下に伝えたいことがあったので通してもらったんです！」

「まさか勝手に入ってきたのか!?」

ローズマリーの後ろには大量の花が歩けないほどに積み上がっていく。

パトリックなら花畑みたいで綺麗だねと、褒めてくれると思っていた。

「邪魔をしてくるので、ちょっとお花で通れなくしただけですよ」

「…………なんてことを！」

いつものようにパトリックは褒めてくれない。

今までだって王城でよく花魔法を使っていたのに、今更何を言っているのだろうかと首を傾げた。

そもそも『会いたい時はいつでも会いに来ていい』と言ったのはパトリックの方だ。

「パトリック殿下、聞いてください！　わたし、マデリーン様とお話ししたんですよ！」

「マ、マデリーンと!?」

「えへへ、二人の幸せな未来のために頑張ったんですから褒めてください！」

「……っ！」

パトリックはローズマリーの言葉に驚いて目を見開いている。

何故かパトリックは以前会った時よりもほっそりとして顔色が悪いような気がしたが、きっと自分との婚約がなかなか成立できなくて悩んでくれていたのだろう。きっとこのことを話せば喜んでくれるはずだ。

「マデリーンはっ、マデリーンはなんて言っていた⁉」

グッと近づいてきたパトリックに肩を掴まれて一気に距離が縮まる。

「喜ぶ気持ちもわかりますが落ち着いてください！」

ローズマリーはそう言ってニコリと笑った。パトリックは早く早くとローズマリーを急かしてくる。

やはりパトリックも嬉しく思っているのだと確信した。

「ふふっ、きっとパトリック殿下もビックリすると思いますよ！」

「教えてくれっ、マデリーンは俺のことを何て言っていたのかをっ」

「マデリーン様、〝パトリック殿下とはもう無関係だから、ローズマリー様の好きにしていい〟って言ってくれたんですよ！」

「……っ⁉」

「マデリーン様にはちゃんと許可は取りましたから、これで一緒に卒業パーティーに出られますね！　あのお花のドレスを着ることができるんですよ。明日が楽しみですねっ」

パトリックはその言葉を聞いて頭を抱えた後、顔を伏せて震えている。

（ふふっ、パトリック殿下ってば、泣くほど嬉しいのね。やっぱりウォルリナ公爵邸に行ってよかった。侍女たちは行かない方がいいって反対していたけど、わたしは正しかったんだわ）

ローズマリーは気分がよくなり、更に言葉を続けた。

「マデリーン様は記憶がなくなったって言ってました。大変ですよね……でも今日は一回大声を出されただけで怒られませんでしたよ？　すごくいい人になっていて、わたしもびっくりしちゃいました！」

「………………」

パトリックはローズマリーの話を聞きながらボーっとしている。

「それにマデリーン様は卒業パーティーには出られないって言っていましたよ！」

「──なんだと⁉」

パトリックはその言葉を聞いて、その場で膝を折る。

髪をぐしゃぐしゃと掻き回し首を振っている。想像とは違う反応に、さすがのローズマリーも違和感を覚えた。

「パトリック殿下、今日はなんか変ですよ。さっきからどうしたんですか？」

「終わりだ………俺は、もうダメだ。すべてドウェインのものになるなんて……！」

「あっ、そういえばドウェイン殿下って、とっても怖いんですね……！　わたしが出したお花も全部枯れちゃったし、毒でできた気持ち悪い蛇に襲われたんですよ⁉　マデリーン様が止めてくれなかったらわたし、どうなっていたか」

パトリックはドウェインの話になると、いつも『役立たず』『出来損ない』『王家の恥晒し』と言っていた。

その言葉の意味を今日やっと、理解することができたのだ。

(ドウェイン殿下は怖い人だったんだわ。パトリック殿下の言う通りだった……あの髪色も瞳の色もまるで悪魔みたいだもの)

けれど、マデリーンとドウェインは仲が良さそうに手を握り合っていた。

「でもマデリーン様とドウェイン殿下は想い合っているんですね！」

「──ッ！」

「なんだかよくわからないことを言いながら二人で抱き合っていました。でもマデリーン様もすぐにお相手が見つかってよかったですねっ」

「…………おれは、っ……なんで……」

パトリックは先ほどからブツブツと何かを呟いていて、こちらの話を聞いているかどうかわからない。

「……っ、終わりだ、もう何もかも終わったんだ」

挙句、そのまま立ち上がることなく項垂れてしまった。

パトリックの肩を揺らしても反応を示さない。

「どうしたんですか？　パトリック殿下ってば……！」

いくら呼び掛けても答えてはくれない。

明日になればきっと、いつもどおりのパトリックに戻ってくれるだろう。

「パトリック殿下。明日、楽しみにしてますから」

ローズマリーはシーア侯爵邸へ帰るために足を進めた。

花の中を歩いていくと、花びらは自然とローズマリーを避けていく。


馬車を降りてスキップしたい気持ちを抑えながらシーア侯爵邸に向かう。

玄関の扉を開くと、廊下にはガラスや花瓶がバラバラになって砕けていた。

大きく肩を揺らして荒く息を吐き出すシーア侯爵は今にも絵画を投げ飛ばしそうになっている。

廊下の端で震え上がっている侍女たちの姿が見えた。

(お父様ったら、まだ機嫌が悪いのかしら……)

ローズマリーは唇を尖らせて辺りを見回す。

それよりも自分の成果を伝えたくて仕方なかった。そうすればシーア侯爵の機嫌が直ると考えたからだ。

「ただいま帰りましたわ。お父様、聞いてください！　わたし、頑張ったん……」

「――ローズマリーッ！」

「……ッ⁉」

ローズマリーは怒鳴るように名前を呼ばれて驚く。

顔を真っ赤にした鬼のようなシーア侯爵が勢いよくこちらに近づいてくる。そしてローズマリーが着ていたワンピースの胸元を捻り上げて手を振り上げたのだ。

バチンという音と共に頬に痛みが走る。

「きゃっ……！」

ローズマリーはシーア侯爵に思いきり頬を叩かれて床に倒れ込む。

「役立たずがっ、お前など引き取らねばよかったっ！」

「……ど、どうして？」

聞くに堪えない暴言を吐かれて、怒鳴られながら頬を叩かれたことに衝撃を受けた。

何故ここまで言われているのか、どうして自分がこんな思いをしなくてはならないのか理解することができない。

それでも卒業パーティーに参加したかったローズマリーはシーア侯爵に意見する。

「わ、わたしはお花のドレスを着て明日の卒業パーティーに出ないといけなくて……！」

「馬鹿なことを言うな、部屋で大人しくしていろ！　いいな⁉」

「でもっ、パトリック殿下だって！」

「うるさいっ！　黙っていろっ」

そう言われて、外に出られないように部屋に閉じ込められてしまった。

考えても考えてもローズマリーが怒られる理由がまったくわからない。

自分が悪くないのなら、明日は卒業パーティーに出席しても問題ないだろうと、そう思った。

ローズマリーは翌朝、頬を腫らしたまま花のドレスを着て大切な本を持って王子様の迎えを待っていた。

この本だけは絶対に持って行かなければならないと思ったからだ。

物語と同じ結末を迎えているというところを見届けてもらわなければならない。

やがて侯爵邸にやって来たのは、数人の騎士。城の馬車が窓から見える。

(馬車の中にはパトリック殿下がいるはずだわ!)

豪華なものではなかったが、パーティーに行けると歓喜した。

シーア侯爵は酒に溺れており目を覚ますことはない。

ローズマリーは彼にバレないようにこっそりと屋敷を出る。

「パトリック殿下、お待たせしました……!」

だがローズマリーは騎士たちに両脇を挟まれて連れられてしまう。

エスコートが乱暴なのは気になるが、ローズマリーはわくわくした気持ちで歩いていく。

「パトリック殿下は? 今日が楽しみだわ」

「……」

「このドレス、とっても綺麗でしょう?」

ローズマリーが話しかけるも、騎士たちは怖い顔をしたまま。

誰も何も答えてはくれず、ローズマリーは頬を膨らませて不満を露わにする。

馬車が城に到着したため、これからパトリックを迎えに行くのかもしれないと納得して馬車から降りた。

城の中に入り、だんだんと薄暗くなっていく。パトリックが何かサプライズをしてくれるのだろうか。しかしいつまで経ってもパトリックは現れない。

気味の悪い階段を降りていくと、そこには……牢があった。

「なにここ、どういうこと……？」

「入れ」

「こんなところに入るわけないじゃない！　今から卒業パーティーに行くのよ！？」

「……早く入るんだ」

「嫌よ！　絶対に嫌っ」

騎士たちはローズマリーの言葉に動じることはない。

いつもなら頭を下げて応じてくれるはずなのに……

更なる絶望が彼女に迫っていた。

「どうしてわかってくれないの!?　わたしの話を聞いてよっ」

叫んでもお願いしても、騎士たちは牢に押し込めようとするため、ローズマリーは抵抗しようと魔法で花を出そうとした時だった。

「え………？」

ローズマリーは手のひらを見る。何も、出てこない。

抵抗せずに力が抜けたローズマリーは、そのまま牢の中に押し込まれてしまう。

己の手を見つめたまま、暫く震えていた。

――ガチャン
牢が閉まる音が聞こえないほど呆然としていた。

ローズマリーは力を込めて何度も何度も花を出そうとするけれど、何故か花は現れなかった。

「あれ……なんで？　おかしい……っ！　おかしいよね？」

ローズマリーはもう一度、本を見て魔法の使い方を思い出そうとした。

そこで、先ほどまでずっと肌身離さずに持っていたはずの本が見当たらないことにゾッとする。

スカートを捲り上げたり、地面に這いつくばったりして本を探す。

「なんでよ！　どこ……っ⁉　どこにあるのっ？」

牢の中から顔を食いこませて辺りを見回してもどこにもない。

「返してっ！　わたしの本を返してよっ！」

大声で叫んでも誰も答えてはくれなかった。

確かに馬車の中に本を持ち込んだ。騎士たちに本を取られた覚えはない。

（あの本がないとわたしは……っ！）

それから何度試しても、力を込めても、花は現れなかった。魔法が消えた……そんな考えがローズマリーの頭を過ぎる。

（そんなはずはないわ……わたしは神様に選ばれた人間なの。誰よりも特別な存在なのにっ！）

その日からローズマリーは叫び続けた。

「本がないの、大切な本がなくなっちゃったのぉ！』

牢にはローズマリーの泣き声が響き続ける。看守がローズマリーに注意をするために牢の前に立つ。

「静かにしろ……！」

「魔法がなくなるなんて嘘よっ、本を返して！　本が……あの本……っ、わたしは魔法を、……わたしは特別なのに！」

後に、平民の中でも魔法を使える人間が稀にいる理由について、国でひそかに流れる噂はこのように形を変えた。

『誰でも魔法を使えるようになる本を作った魔女がいる』

『その魔法の使い方を間違えると、魔女に魔法も幸福も根こそぎ奪い取られてしまう』

と……

＊　＊　＊

マデリーンは学園の卒業パーティー当日を迎えた。

朝、侍女たちが怒り心頭と言った様子で運んできたもの……それは大きな箱だった。

送り主はまさかのパトリックだ。

今日、突然風魔法でウォルリナ公爵邸外に投げ込まれたらしい。

すぐに父に報告しようとしたが、彼が今更何を贈ってきたのかが気になり、中身だけは確認しようと、念のため自分では開けずに侍女に開けてもらう。

ここ数日、パトリックは何度かウォルリナ公爵邸を訪れようとしたようだが、父の許可を得ることはできなかったらしい。

それ以外のパトリックの近況については誰も教えてはくれなかった。

『私たちに任せておけばいい』

家族に何を聞いてもこの一点張りだ。その時の笑顔は今まで見たことがないほどに恐ろしかった。

ウォルリナ公爵邸に仕える者たちも、ドウェインは通しても、パトリックは断固として通さないという強い意志に満ち溢れている。

本来ならこの箱もそのまま送り返したかったが、さすがにそれは越権行為だと判断したらしい。

箱の表面の汚れや凹み具合を見るに、何度も何度もチャレンジを繰り返したようだ。

風魔法を使う誰かに命令したか、金で雇ったのだろう。

侍女に箱を開けてもらうと、そこに入っていたのはドレスだった。

広げてみると明らかにサイズが合っていない。

薄ピンクの生地と白のフリル、赤いリボンがたくさんついた可愛らしいドレスはローズマリーには似合うかもしれない。だけどマデリーンには似合わないし、とても着れたものではない。

（仲が冷え切っていたとはいえ、これだけ長い期間、一緒にいるのにドレスすらまともに選べない

なんて……信じられないわ）

なんとも言えない色とデザインに押し黙っていると、それを見た侍女がカンカンに怒りながら、そのドレスについて文句を言っている。

「こんなドレスなら贈ってこない方がまだマシですわ！」

「サイズを知らないなんて信じられない！　今すぐ燃やしましょう」

そんな侍女たちの言葉を聞き流しながら思っていたことがあった。

今までパトリック名義で贈られてきたドレスは上品でマデリーンに合ったものだ。おそらくあれは、誰かが代理で送って来てくれていたのだろう。

（これがパトリック殿下の趣味なのかしら。今まで誰が選んでいたのかは知らないけれど、パトリック殿下にドレスを選んでもらわなくてよかったと心の底から思うわ）

マデリーンはフリルやレースがたくさんついたドレスを今まで着たことがない。

パトリックとは八年ほど婚約関係を続けていたのに一体何を見てきたのだろう。

（それにしてもパトリック殿下はどういう意図があって、このドレスを贈ってきたのかしら。もしかして卒業パーティーに一緒に出てほしいという意味？）

自分の地位を取り戻すためにマデリーンに婚約者に戻って欲しいということなのか。

あれだけ拒絶していたのにもかかわらず、こうして形振り構わず必死で取り戻そうとするあたり、彼はかなり追い詰められているようだ。

卒業パーティーで断罪ではなく愛の告白でもするつもりなのか。

そう思うだけでマデリーンは背筋がゾッとする。

そんな時、ヒラヒラと床に落ちる一枚の紙。

そこには『『もう一度、初めからやり直そう。本当は君を愛しているんだ。マデリーン、今まで俺を支えてくれてありがとう』から始まり、鬱陶しい告白が延々と綴られている。

最後には『俺の婚約者として一緒に卒業パーティーに出席してくれ。一生のお願いだ！』と、書かれているのを見て思いきり顔を歪めた。

ローズマリーがウォルリナ公爵邸から出た後、パトリックの元に報告しに向かうと思ったのだが、違ったのだろうか。

もしくは、このプレゼントを届ける依頼をした後にローズマリーと会ったか。

どちらにせよ、パトリックもパトリックだ。

この手紙とドレスでマデリーンが戻って来ると本気で思っていたのなら、おめでたい考えである。

愛している、そんな嘘にもう騙されたりしない。

（……もう、何もかも遅いのに）

ドレスに罪はないが、これを見るたびに嫌な顔を思い出してしまうため、侍女たちに箱に詰め直してもらう。

「ドレスには可哀想なことをしてしまうけれど、あなたたちも譲られたところで困るでしょうし……燃やしましょうか！」

「はい、今すぐに！」

「かしこまりました！」

「旦那様には報告だけはしておきますわ」

侍女たちはその言葉を聞いて、嬉しそうに箱を運んでいく。

残った手紙は火の魔法が使える侍女がその場で燃やしてくれた。風に乗って飛んでいった灰と同じように、パトリックとの縁を断ち切ることができたような気がした。

あとは父がどう判断するかだな、と思考に沈む。

今日は一日中家にいるつもりらしい父は、昨日学園から戻ってきた後、ローズマリーがウォルリナ公爵邸に押し入って来たことを知って、激しい怒りを露わにしていた。

そして侍女たちから詳しく話を聞きながら、器用に枯れた花びらだけを水魔法で巻き取ってすべて屋敷の外へと洗い流す。

『ドウェイン殿下、マデリーンを守ってくださり、本当にありがとうございました。お礼を兼ねて食事でもと申し上げたいところですが、今すぐにやらなければならない用事ができたため、失礼させていただきます。ドウェイン殿下はどうぞゆっくりなさっていってください』

そう言って父はすぐにシーア侯爵邸へと向かって行った。

ローズマリーが侯爵邸に帰った後、シーア侯爵に果たして何を言われたのか。

（きっと、大惨事でしょうね……）

ローズマリーは嬉しそうに帰っていったが、今日パトリックと共に手を取りながら卒業パーティーに参加することは不可能。

卒業パーティーの後に発表する王太子の座も、パトリックに優位に傾くことはない。

水のウォルリナ公爵家は今回の件でドウェインを支持することを決めた。

風のリーグラグル公爵家の答えはわからないが、土のディル公爵家は元々ドウェインを支持しており、他の二家はそれを察していた。

娘の持病を治すための特効薬をドウェインが開発したからだ。

だから本来であればパトリックはリーグラグル公爵家の支持を得るため奮闘するべきであったし、ウォルリナ公爵家の支持を失った時点で、国への貢献度が高いドウェインへの勝ち目をなくしていた。

（パトリック殿下は、こんな結末が待っているなんて思いもしなかったでしょうね）

幼い頃からパトリックはドウェインの容姿や魔法属性を理由に彼のことを下に見ていた。

ドウェインが婚約者を作らなかったこともあり、自分が王位を継ぐことに絶対の自信を持っていたのだ。

けれど、それがすべてひっくり返ってしまう。

彼は今、何を思うのだろうか。

あの日記帳を見つけてから一週間が経った。

不思議な日記帳のおかげで、マデリーンは未来を変えるチャンスを得て、大切なことに気付くことができた。

改めて、ここ最近の前向きな気持ちが書かれている日記を見ようと、いつも日記帳を仕舞っている引き出しを開ける。

しかし、そこには何もない。

「え……？」

いくら探しても、あの日記帳が見つからなかった。

昨晩、この引き出しの中に仕舞ったはずだ。覚え違いだろうかと、他の引き出しや机の周り、ベッドの下までくまなく探してみるものの、やはり日記はどこにもない。

（寝る前まではちゃんとあったのにどうして……？）

結局、引き出しの中から出てきたのは、いつも使っていたお気に入りの羽根ペンといつも書いている日記帳だけ。

まるで魔法のように現れて、魔法のように消えてしまった日記帳に戸惑いを隠せなかった。

「マデリーンお嬢様、どうなさったのですか？」

「……日記帳が見つからないのよ」

戻ってきた侍女に問われ、思わずそのまま答えてしまう。

「僭越ながらマデリーンお嬢様、それはもしや……最近書かれていた日記帳ではなく、お嬢様には買った覚えのない、古びた日記帳でしょうか？」

「え……？　あなた、あの日記帳を知っているの!?」

詰め寄る勢いで問いかけるが、彼女はゆったりと首を横に振った。

「いいえ。お嬢様の日記帳については何も。ですが、不思議な道具や書物を作る魔女については、聞いたことがございます」

「平民に気まぐれで魔法を与えては取り上げるっていう、あの噂？」

市井に降りた際に聞いたことがあった。今度は頷いた侍女だが、すぐに言い添える。

「はい。ただ、魔女は努力している者の日記を覗き見ては気まぐれに力を貸すとも聞いております。奥様もかつて、魔女に力を借りたとしか思えない不思議な出来事があり、それが絵本にもなったとか」

「もしかして……！　それってこの絵本のこと？」

マデリーンは海に飛び込むきっかけになった絵本を本棚から取り出した。

（この本も魔女が……？　もしかしてこの絵本の内容って……）

今度、母に詳しく話を聞いてみようと思っていると、侍女が話を続ける。

「マデリーンお嬢様の努力も、日記をかかさずつけていらしたことも、よく存じておりますので、もしや……と」

「そう……」

家族とドウェイン以外にもう一人、マデリーンの努力を知って、マデリーンを助けようとしてくれた人がいたのだろうか。

勝手に人の日記を覗き見るのはどうかと思うが、それはつまり、今までのマデリーンの努力をすべて知って力を貸してくれたということで、素直に嬉しいとも思う。

羽根ペンと日記帳を取り出し、古びた日記帳があったはずの場所に向かって呟く。

「……ありがとう、わたくしの運命を切り開いてくれて」

そして、窓を開いて大きく息を吸い込んだ。

煌めく青い海が目に飛び込んできて、爽やかな風が部屋に吹き込んで髪を撫でる。

ざぁざぁと波の優しい音が届く。

同じ景色なはずなのに一週間前とはまったく違って見えた。

マデリーンから見た世界が、驚くほどに一変したからだろう。

自分の行動次第で状況は変わっていく。失敗や他人に頼ることを恐れてはならない。

今回学んだことを活かして前に進まなければと強く思った。

そしてこれから何をすればいいのかも、もうわかっている。

（わたくしも自分の意思を示さないといけないわ）

マデリーンは皆が待っているであろうサロンへと向かった。

パーティーに参加できない代わりに、家族全員で卒業を祝おうと、昨晩夕食の時に言ってくれたのだ。

一歩、また一歩と踏み出す度に何故か涙が溢れ出る。

それでも気持ちは晴れやかで清々しい気分だった。

扉が開いて、家族の視線がこちらに向く。

マデリーンが涙を流す姿を見て、椅子に座っていた父がガタリと大きな音を立てて立ち上がる。

「マデリーンッ⁉」

「っ、お父様……」

「マデリーンッ、どうした⁉　何かあったのか？」

「いいえ……苦しいことは何も。わたくし、記憶が……戻りましたわ」

驚く父に思いきり抱き着いた。力強い父の腕が背に回る。

「そうか、本当によかった……！」

「はい、ありがとうございます。お父様」

嬉しそうな母は二人を包み込むように抱きしめてくれた。

「……マデリーン、おかえりなさい」

「よかったね、マデリーン」

兄の優しい声に顔を上げる。伸ばされた手を握ってから自分の方へと引き寄せた。

安心するように名前を呼ぶ母と嬉しそうに微笑んでいる兄。照れながら何度も咳払いをする父に、改めて感謝を伝える。

本当は記憶があったことを言った方がいいのではないかと、心苦しさと共に震える唇を開こうとした時だった。

母が小さく首を横に振った後に、パチンとウインクをする。

その姿を見て、頷いた後にマデリーンは再び父に思いきり抱きついたのだった。

そのまま家族と抱き合って話していると、侍女と共に大きな花束を持ったドウェインが現れた。

何事かと目をパチパチとさせるドウェインに、満面の笑みを浮かべて名前を呼ぶ。

「ドウェイン殿下！」

父から簡単な説明を受け、心得た様子で頷いたドウェインは、マデリーンへと花束を差し出す。

「マデリーン様、卒業おめでとうございます」

「ありがとうございます、ドウェイン殿下」

そしてドウェインがマデリーンの前に跪く。

マデリーンの手を取ったドウェインはこちらを見上げながら口を開いた。

「昔よりも強くなりました。あなたに相応しい男になったと思ってくださるのなら、僕と結婚してください。僕が必ずあなたを幸せにします！」

「……！」

その言い回しに、心当たりがあった。

『今よりも強くなって、あなたに相応しい男になれたら、僕と結婚してください。僕が必ず君を幸せにするから……！』

あの約束の言葉だ。違う部分があるのはわざとだろうか。

マデリーンは笑みを深めながら大きく頷いた。

「っ、やった……！」

ドウェインは小さく叫ぶと、マデリーンの体を抱え上げた後にクルクルと回った。

やっと地に足がつくと、ドウェインから抱きしめられる。家族の前でもお構いなしだ。

父は何度も頷いていて、母と兄は嬉しそうに笑みを浮かべている。

こんなにも無邪気に喜ぶドウェインを初めて見た気がした。

「ありがとうございます、ドウェイン殿下」

そしてマデリーンは人生で一番幸せな一日を過ごしたのだった。


その後、卒業パーティーは何も問題が起こることなく終わったそうだ。

結局、パトリックとローズマリーは卒業パーティーに参加することはない。

ウォルリナ公爵邸と城に不法侵入をしたローズマリー。

魔法を使い花で床を覆い尽くして、彼女が侵入した場所は花だらけになってしまう。

そのことを父や国王から咎められたシーア侯爵は頭を下げ続けることとなる。

しかし許されることはなく、その責任を問われることになったそうだ。

自らの首を絞めるような形で罪が重なっていたことにも気付かずに……。


数日後、牢の中でのローズマリーの異様な様子に看守は国王の許可を取り、魔法研究所に報告しに向かった。

地下牢に降りた研究員も驚いていたが、ローズマリーの魔力は一切なくなっていたそうだ。

いや、元の状態に戻ったというべきだろうか。

そのため、ローズマリーは『花の乙女』の称号を与えられることはなかった。

そしてシーア侯爵もローズマリーが牢の中にいる間、調査が行われていた。

ウォルリナ公爵によって次々と暴かれていく罪。

シーア侯爵は、ローズマリーとパトリックを結婚させてパトリックを思い通りに操ろうとしていたそうだ。三大公爵という制度をなくすことが目的だったらしい。

牢にいるローズマリーが、愚痴と共にシーア侯爵の思惑をペラペラと話し始めたことが大きかった。

加えて、屋敷にいる使用人たちから、どんどんと漏れる悪事の証拠や裏付け。誰もシーア侯爵に味方する者はおらず、驚くほどに協力的だったそうだ。

マデリーンを貶めようとした罪やパトリックを騙して操ろうとしたこと。

自分の領地から国の規定を超えた多額の税の搾取。

次々と悪事が明るみになり、シーア侯爵はローズマリーと同じく牢に入れられた。

マデリーンを殺そうとしたシーア侯爵の行いに大激怒した父は、国王に許可を取ってシーア侯爵邸をすべて水で押し流してしまい、跡形もなく消え去ってしまった。

そこをウォルリナ公爵領として、シーア侯爵邸で働いていた者たちを再雇用して悲惨な現状を兄と共に立て直していくようだ。

シーア侯爵の件が落ち着いた後、マデリーンとパトリックとの婚約が破棄されたことが正式に発表される。

同時にマデリーンがドウェインの婚約者になったことが国王の口から宣言された。

パトリックはそれを聞いて膝から崩れ落ちたらしいが、マデリーンの知ったことではない。

卒業パーティーから婚約破棄の正式発表までの間、マデリーンは溜まった手紙に返信をしていた。

パトリックとローズマリーの関係に思い悩んでいたこと、ドウェインが支えてくれているがしばらくはパーティーに参加できるような心境ではないことなどを書き綴った手紙だ。

シーア侯爵やローズマリーが投獄されたこともあり、社交界にはマデリーンに同情する声が寄せられる。

ちょうどその頃、ウォルリナ公爵邸に卒業パーティーで偽の証言をすると日記帳に書いてあった三人の友人が訪ねて来た。

会うのは戸惑ったが、何かをされたわけではないので、拒絶するわけにもいかず部屋に通す。

今にも泣き出しそうな顔をしていた三人を見て、やはりあれは事実だったのだと確信した。

マデリーンがなんて声をかけようかと考えていると、彼女たちは勢いよく頭を下げた後に、シーア侯爵やパトリックに嘘の証言をするように脅されていたことを話してくれた。

「家族を人質に脅されていたとはいえ、申し訳ございません！」

「わたくしは婚約者を……とはいえ赦されることではございませんわ。本当にごめんなさい、マデリーン様」

「……赦してくれとは申しません。ですが、領民を見捨てることはできなかったのです」

彼女たちは自分から真実を話して謝罪してくれた。

マデリーンはこの謝罪を受け入れ、また以前と同じ友人に戻ることができたのだ。

裏切られたわけではなかった……そんな真相がわかったことで、マデリーンの心は一気に軽くなったような気がした。

そして彼女たちを脅した罪は、そのままパトリックとシーア侯爵の罪に上乗せされることになる。

最終的にシーア侯爵は大罪人として処刑台に登り、公衆の面前で石を投げられながら首を刎ねられた。

そしてパトリックにとってある意味では断罪となったのは、この国の王太子が誰になるのかを決める、三大公爵を交えた会合だった。

パトリックは卒業パーティーにも参加することもできず、会合の日まで城の自室にいたそうだ。

シーア侯爵とローズマリーの件で己の評価が地の底まで下がり、パトリックは意気消沈していた。

堂々と現れたドウェインとは雲泥の差だろう。

「水の意志、ドウェイン殿下。土の意志、ドウェイン殿下。風の意志、ドウェイン殿下」

「……あっ……あぁ」

「ありがとうございます」

三大公爵は皆、満場一致でドウェインを王太子として指名した。

そして国への貢献度調査の一環で国民調査を行った際、マデリーンがドウェインの婚約者になったこともあり、ほぼすべての国民がドウェインを選んだ。王国の歴史に残るほどの差があったそうだ。

パトリックはその結果を聞いた後、ブツブツと何かを呟きながら項垂れていた。

その後、シーア侯爵に肩入れしてマデリーンを貶めようとしたこと、令嬢たちを脅して虚偽の証言をさせようとしたこと、ローズマリーと不貞行為を重ねていたことが問題視されたパトリックはその罪を裁かれることになる。

自分が王太子となる道が閉ざされただけではなく、罪人として扱われる現実が受け入れられず、覇気もなくなったパトリックは、まるで生きる屍のようだった。

そして王家の籍から抜かれ、彼は辺境で労働を強いられることになる。

もう王都には戻ってこれないだろうとドウェインは言う。

そしてマデリーンはドウェインの婚約者となり、共に国を支えることになった。

結婚式は二年後。ドウェインが学園を卒業して成人してからだ。


しばらくして、足の怪我がすっかり治った頃、マデリーンはドウェインと共に海辺を散策していた。

オレンジ色に染まった空。すぐ近くまで迫る波の音。

まるでマデリーンの幸せを祝福してくれているように感じた。

マデリーンは懐かしい気持ちで膝を折り、砂浜を撫でるように触れる。

サラサラとした砂はほんのりと温かくて気持ちいい。

そしてマデリーンは伸ばされたドウェインの手を取り立ち上がる。繋いだ手が熱を持つ。

「ドウェイン殿下、ありがとうございます」

「……マデリーン様は海が好きなのですね」

「えぇ、ここは思い出の場所ですから」

マデリーンとドウェインは幼い頃に約束を交わしたベンチに移動する。

ドウェインのエスコートを受けて、マデリーンはベンチに腰掛けた。

あの一件以来、ドウェインはマデリーンの前では別人のようになってしまう。

今まで押さえ込んでいた気持ちを表に出せて嬉しいとでも言うように毎日愛を囁いてくる。

『マデリーン様、愛しています。ずっとずっとあなたのことを思っていました』

『今日も女神のように美しいです。マデリーン様が誰かに奪われないか心配です』

『ずっとマデリーン様と一緒にいたいんです。片時も離れたくありません』

最近、ドウェインに言われたことを思い出すと自然と顔が赤くなってしまう。

とにかくマデリーンと婚約できたことが嬉しいようだ。

いつも大人びていて冷静で知的なイメージしかなかったドウェインだが、今は年相応の少年らしい一面も見せてくれる。

そんなドウェインに振り回されて、ドキドキしっぱなしだった。

年上らしくなんとかリードしようとしようとするものの、必要ないと言わんばかりにドウェインはマデリーンに尽くしている。

気弱で泣いてばかりいた少年はすっかり頼もしい青年へと成長したようだ。

彼の黒髪がサラリと海風に靡いた。少しタレ目な優しい瞳が、マデリーンを見つめている。

嬉しそうに笑っているドウェインを見て、マデリーンは問いかける。

「ドウェイン殿下、どうかしたのですか？」

「マデリーン様の隣にいれることが、ただただ嬉しくて……夢を見ているようです」

「夢ではありませんわ……！」

「そうですよね。ですが幸せすぎて、毎日どうにかなってしまいそうですよ」

マデリーンはドウェインの言葉を聞きながら顔が赤くなっていく。

ドウェインの口を塞ごうとすると、マデリーンの手が絡めとられるようにして防がれてしまう。

そのまま手の甲を唇に寄せたドウェインは何度もマデリーンの指にキスをする。

「ちょっ……ドウェイン殿下！」

アメジストのような紫色の瞳と目が合うと、心臓が高鳴っていく。

パトリックとはこうして婚約者らしいことをまったくしたことがないマデリーンはドウェインに
こうされる度に戸惑ってしまう。

ドウェインの腕がマデリーンの腰に回されて、反対側の手が頬を優しく撫でる。

まるでこちらを見てと言われているようだった。

「マデリーン様、愛しています」

そのままドウェインと唇が触れるだけのキスをする。

柔らかい唇の感触。ふんわりと香るハーブの匂い。唇が離れると、マデリーンは照れてしまい喋れずにいた。

しかしドウェインは満足そうに満面の笑みを浮かべている。

マデリーンが思わずそっぽを向くと、ドウェインは心配そうに顔を覗き込む。

「マデリーン様、嫌でしたか？」

チラリとドウェインに視線を送ると、まるで捨てないでと訴えかけてくるように可愛らしい顔でこちらを見つめているではないか。

「は、恥ずかしいだけですわ……！」

「それならよかったです」

ドウェインの表情がパッと明るくなる。

最近、マデリーンは自分の気持ちをしっかりと伝えようと心掛けている。

まだ遠慮してしまったり、言いたいことが言えないことがあったりする時もあるが、そんな時はドウェインがフォローしてくれる。

そのおかげでマデリーンも少しずつではあるが、こうして素直に話せるようになったのだ。

「……マデリーン様」

ドウェインはマデリーンの名前を呼ぶと指を絡ませるように手を握る。マデリーンもドウェインの手を握り返す。

思い出の場所で、大好きな人と見る景色はキラキラと輝いて見えた。

番外編　溺愛

マデリーンと婚約後、ドウェインは予定通り学園に通い始めた。十七、十八歳の二年間を経て、マデリーンはドウェインと結婚することになる。

入学準備をしているドウェインを見ていると、マデリーンは彼が年下なのだと改めて思い出す。大人顔負けの発言や、毒魔法を用いて薬を作り出す高度な技術を近くで見聞きしていると、つい忘れてしまいがちなのだ。

制服を着ている彼を見ていると微笑ましい。黒髪は艶やかでダークグレーの生地によく映えている。

つい先日まで見慣れていた制服だが、マデリーンはもう着ることがないと思うとなんだか寂しい気分にもなった。

そんな彼の最近の口癖は『早く学園を卒業したい』だ。

会うたびにマデリーンと離れることが耐え難いと言っている。

ドウェインが学園に行っている間、マデリーンは妃教育を受けるため城にいる、という状況が、下手に会えないよりつらいらしい。

今日もマデリーンは妃教育のため、登城していた。

王太子がドウェインに決定したため、その婚約者であるマデリーンもまた、王妃として王国を支えていくことが確定した。当然、求められるものは単なる王子の婚約者であった頃より多くなる。

とはいっても、先ほど講師に『ほとんど教えることはありません』と言われたばかりだ。

パトリックの婚約者として、未来の王妃として、マデリーンは自分ができることはなんでもやった。

今までやってきた努力が報われるのは嬉しいことだ。

妃教育を終え、マデリーンは赤い絨毯がひかれた廊下を歩いていく。

今日はすぐにウォルリナ公爵邸に帰るつもりでいた。

久しぶりに家族揃っての夕食だからだ。

卒業パーティーの一件から、父はマデリーンに対して随分と過保護になってしまったように思う。

忙しい中でもなるべく時間を作り、一緒にいるようにしてくれている。

相変わらず多忙なことに変わりはなく、明日には仕事で公爵邸を発たなければならないらしいが、マデリーンは共に過ごせる時間を大切に思っており、不満はない。

足を進めていると、前から何かを探した様子のドウェインの姿が見えた。

どうやら学園帰りのようだ。

マデリーンはドウェインに声をかける。

「ドウェイン殿下、どうされたのですか？」

「ああ、よかった。マデリーン様、まだ城にいたのですね！」

ドウェインはマデリーンの姿を見て、柔らかい笑みを浮かべた。

そしてマデリーンの手を取ると、流れるように唇を寄せる。

マデリーンを見つめる熱い視線からは、何も言わなくとも愛情が伝わってきた。

城で働いている使用人たちの視線を感じて、マデリーンは真っ赤になる頬を隠すように咳払いをする。

「ど、どうかされたのですか？　急ぎの用事が？」

マデリーンが問いかけるとドウェインは嬉しそうに答えた。

「マデリーン様、学園が休みの日に買い物に行きませんか？」

「買い物、ですか？」

マデリーンはドウェインの言葉に首を傾げる。

学園で何か必要なものがあって、卒業生である自分の意見を参考にしたいのだろうか。

まず思いついたのはそれだったが、ドウェインの答えはまったく違うものだった。

「もうすぐ婚約披露パーティーがありますから、マデリーン様に似合うドレスをプレゼントさせてください」

「……！」

この国では、王太子が決まると、その一ヵ月から三ヵ月後くらいまでには必ず婚約披露パーティーが開かれる。

未来の国王となるため、貴族たちの前で挨拶をして、これからの未来が良いものになるよう祝う盛大なパーティーが開かれるのだ。

マデリーンは今まであえてドウェインの前でその話題を出さないようにしていた。

何故ならドウェインは学園に通い始めたばかりである。

それに学園が終われば魔法研究所に向かい、珍しい魔法属性を持つ貴族の子どもの指導、新薬の開発と、寝る間も惜しんで働いていると聞いた。

マデリーンもドウェインの努力に感化されて、妃教育がない日は孤児院に赴いたり、氷魔法を使って暑さや水不足への対策を行ったり、国民たちのために動いている。

そんなドウェインを前に、パーティーのドレスの話をするなど気が引けてしまう。

だからドウェインからその話題を振られた時にどう反応すればいいかわからなかった。

「ですが……今、ドウェイン殿下は……」

「申し訳ありません。マデリーン様」

「……え？」

突然、謝罪するドウェインにマデリーンは困惑してしまう。

手のひらを握りながらドウェインはマデリーンをまっすぐ見つめる。

「マデリーン様は僕を気遣ってくださっているのでしょう？」

マデリーンはドウェインの言葉に驚いて目を見開いた。

その表情を見て確信したのか、ドウェインは小さく頷いてから唇を開く。

「余裕がない自分が恥ずかしいです。マデリーン様に気を遣わせてしまうなんて……僕はまだまだですね」

「そんなことありませんわ！」

マデリーンは思った以上に大きな声を出してしまい、口元を押さえた。

しかしドウェインは眉を下げて、心配そうにマデリーンを見ている。

「あなたは本当の気持ちをすぐ隠してしまいますから……」

ドウェインの寂しそうな表情を見ていると胸が締め付けられる思いがした。

マデリーンは今まで、自分が苦しい時もつらい時も我慢してきた。

そのせいで感情を隠すことが随分とうまくなってしまったように思う。

「ですが、僕はマデリーン様になんでも話してもらえるような頼りがいのある男になりますから」

「ドウェイン殿下……」

「些細なことでも僕に教えてください。我慢しないでほしいんです」

ドウェインの温かい言葉がじんわりと心に沁みていく。

マデリーンの性格をよく理解しているからの言葉だと思った。

ドウェインは本当にいつもマデリーンのことを考えて、立ち振る舞ってくれているのだろう。

マデリーンも素直な気持ちを伝えようと口を開く。

「ありがとうございます。わたくしもドウェイン殿下に自分の気持ちを伝えられるように練習しなければなりませんわね」

マデリーンはそう言って胸元を押さえた。ドウェインも嬉しそうに微笑んでいる。

それから学園が休みの日に、マデリーンのドレスを選びに行きたいことを改めて伝えてくれた。

「それにしても、マデリーン様とドレスを選びにいけるなんて夢のようです」

「……え？」

「ずっとずっと、あなたの隣に立つ日を望んでいましたから」

ドウェインの一途な愛情を聞くたびに、マデリーンの心は温かくなっていく。

誤解が解けて、二人の気持ちが通じた日から、ドウェインはこうしてマデリーンと共にいる時間を大切にしてくれている。

マデリーンはその度に幸福感に満たされていく。

ドウェインと一緒に廊下を歩きながら談笑していると、彼は驚くべきことを口にする。

「本当は卒業パーティーが終わった後にマデリーン様に気持ちを伝えて、略奪しに行こうと思っていたんですよ」

「……っ⁉」

初めて聞く事実にマデリーンは目を丸くした。

同時に、ドウェインの過激な思考を聞いて、あることを思い出す。

あの、突然現れた古びた日記帳には、涙に滲んで見えなかった部分があった。

そこに書かれていたのは誰かの名前だろう、とマデリーンは推測していた。

マデリーンに想いを寄せていて、彼女自身はそれに気がつかなかった人物。もしかしてそれはドウェインのことではないのだろうか。

（たしかにお父様とドウェイン殿下の力が合わされば、あっという間に国がなくなりそうだわ）

だが、それは起こったかもしれない未来のこと。

こうして素晴らしい未来を掴み取ることができたのは間違いなく、あの古い日記帳のおかげだ。

(魔女には感謝しないとね……)

マデリーンはドウェインと約束を交わし、ウォルリナ公爵邸に帰った。

夕食の席で、近いうちにドウェインと買い物に行くことを伝える。

母は「まぁまぁ……！　楽しんでね」と手を合わせながら喜んでいた。

兄も「よかったね、マデリーン」と、嬉しそうに微笑んでいる。

父は納得するように何度も頷いていた。

「やはりドウェイン殿下は素晴らしい」

そう口癖のように呟いている。ドウェインが婚約者になってから父は満足そうだ。


そしてドウェインと買い物に出かける日――

迎えの馬車が来たと侍女に聞いて、マデリーンは玄関を出て外に向かう。

髪は巻くことなくストレートで、化粧も薄めにしていた。

最近では自分を偽ることはやめてシンプルな装いを好んでいる。

迎えに来てくれたドウェインは、自然な仕草でマデリーンをエスコートするために腕を出す。

マデリーンもドウェインの腕に手を添えて体を寄せる。

こうして婚約者らしいことをパトリックとしたことはないからだ。

当然、愛する人と買い物の約束をしてデートをするのは初めてだ。

マデリーンの胸はドキドキと高鳴っていた。

馬車の中でもドウェインとの会話は弾む。

しばらくは学園の様子を聞いていたマデリーンだったが、しめくくりにドウェインから返ってきた言葉はいつもの「早く学園を卒業したい」だった。

「学園生活は楽しくありませんか？」

「楽しいですが……学園にはマデリーン様がいませんから」

「……それは」

仕方ないのでは、と言おうとして口を噤む。

「本音を言えば、マデリーン様と片時も離れたくありません」

「……！」

「やっと隣にいることができるんですから。他の方々と交流を深めたほうがいいことはわかっていますが、その時間だって本当はマデリーン様と過ごす時間にあてたい」

こんなことを言うドウェインだが、決して人付き合いを軽視しているわけではない。

城の侍女たちから聞いた話ではあるが、むしろ学園でのドウェインは、令息や令嬢たちに囲まれて大人気だそうだ。

スッと伸びた鼻筋、薄い唇。タレ目は優しげでほのかに漂う色気と、ミステリアスな黒髪に紫色の瞳。

同じ年の令息たちよりも落ち着いていて、頭もよく、運動もできるとあれば人気にならないほうがおかしいだろう。

（さすがドウェイン殿下だわ）

マデリーンが納得していると、ドウェインは予想外のことを口にする。

「令嬢たちからは、よくマデリーン様のことを聞かれますよ」

「わたくしのことを？」

「はい、完璧なマデリーン様に憧れているそうですよ」

「まぁ……可愛らしいですわ」

最近ではマデリーンの魅力について語り明かしていると聞いて、恥ずかしいような嬉しいような複雑な気分になった。

そんな話をしながら、馬車は賑やかな街を通り過ぎていく。

馬車は豪華な門を抜けて、王家御用達の老舗ドレスショップへと向かう。

ドウェインとマデリーンを見て深々と腰を折る店員たち。

そしてズラリと並べられる豪華なドレスにマデリーンは感激していた。ドレスそのものではなく、マデリーンにここまでお金をかけてもいいと示すドウェインの心にである。

隣にいたドウェインは真面目な表情だ。

「どのドレスもマデリーン様に似合いますね」

「……ドウェイン殿下」

「迷ってしまいます。今度はオーダーで仕立てましょう」

「はい」

マデリーンよりも真剣に選ぶドウェインに微笑ましい気持ちになった。

見て回るうち、煌びやかなドレスの中でも鮮やかなイエローのドレスが目に留まる。

(向日葵みたいで素敵……でもわたくしには派手すぎるかしら)

今まで落ち着いた色のドレスを好んで着ていたマデリーンだったが、こうした鮮やかな色のドレスも着てみたいと思っていた時だった。

「こちらのイエローのドレスを試着させてください」

「……え？」

ドウェインは店員に声をかけて、イエローのドレスを試着するように促す。

マデリーンが驚いているうちに試着室に案内されてしまった。

ドウェインはマデリーンがこのドレスが気になっていることをわかったのだろうか。

何も言っていないのにマデリーンの気持ちを汲んでくれるドウェインには驚かされてばかりだ。

試着室で手際よくイエローのドレスを試着する。

「…………素敵」

イエローのドレスはマデリーンの白い肌とアイスブルーの髪によく映えていた。

「お似合いですわ！」

女性店員たちは嬉しそうに手を合わせている。マデリーンも初めて着るドレスの色に新鮮さを感じていた。

動くとふわふわとしたチュールが重なっているスカートが可愛らしい。

太陽に向かって咲き誇る向日葵を思い出す華やかなデザインだ。

試着が終わってドウェインの元に戻り、先ほどのドレスが気に入ったことを伝える。

「婚約披露パーティーがますます楽しみになりましたね」

ドウェインもマデリーンに合わせた色合いの服を選んだそうだ。


ドレスショップを出て、まだ時間があったため少しだけ街を散策することになった。

真ん中に噴水がある広間で休憩していると、ドウェインとマデリーンの姿を見た街の人たちが次々と集まってくる。

いつの間にかドウェインの周りには涙ながらにお礼を言う人々で溢れかえっていた。

彼は一人一人に丁寧に対応していく。ドウェインが作った薬で救われた人たちだろうか。

そんなドウェインを見ていると、マデリーンは何故か泣きそうになってしまう。

彼の努力が報われてよかったと思うと同時に、こうしてドウェインと一緒にいられることが心から嬉しいのだ。

「マデリーン様、これどーぞ！」

「まぁ……！　ありがとう」

子どもたちが小さな手を伸ばしてマデリーンに花を渡す。

マデリーンは笑顔でその花を受け取った。

女の子たちはマデリーンの髪に花を飾ったりして遊んでいる。

そんな中、一人の子どもが声を上げた。

「マデリーン様、いつものやってください！」

「あっ、わたしも見たい～！」

「ふふっ、いいわよ」

マデリーンが立ち上がると、人々が後ろに下がっていく。

ドウェインはマデリーンの隣で不思議そうに首を傾げている。

「いきますわよ」

マデリーンは氷魔法を使い、次々と広場に氷像を作っていく。

広間には空想の動物、ユニコーンや噴水に佇む人魚。

羽を広げた鳥や花などが次々とできあがる。

子どもたちは目を輝かせてその景色を見ていた。

次に水魔法を霧のように弾けさせると、光に反射してキラキラと輝いた。降り注ぐ光の粒に周囲からは歓声が上がる。

子どもたちは「きれーい！」と、声を上げながら氷像の周りではしゃいでいた。

マデリーンは街に降りては、こうして人々との触れ合いを楽しんでいる。

こうして行く先々で声を掛けられたマデリーンとドウェインは街の人たちから送られるプレゼントで溢れかえっていた。

「マデリーン様は街の人たちに慕われているのですね」

「ドウェイン殿下も同じですわ」

二人で目を合わせて微笑む。

日も落ちたため、買い物は中断してまた改めて出直すことになった。

今度は変装して街に来た方がいいだろうと話しながら馬車に戻ろうとした時だった。

『…………こっちにおいで』

マデリーンの耳元で女性の声が聞こえた気がした。

気のせいかと思ったがもう一度、女性の声が耳に届く。

「――ッ!?」

「マデリーン様？」

マデリーンは視線を感じて後ろを振り返る。

そこには細い裏路地と壁しかなく、どこにも人がいない。

けれど誰かに呼ばれている、そんな不思議な感覚だった。

「ドウェイン殿下、わたくし……ちょっと行ってきます！」

「え……？　マデリーン様っ!?」

マデリーンは声のする方を辿り、裏路地へと駆け出した。

不思議とどこに行くかがわかる。

そこに足を踏み入れた瞬間、マデリーンの視界は暗闇に包まれてしまう。

(ここは一体どこなの……?)

マデリーンは暗闇の中を歩いて行くと、そこには光が漏れている少し錆びた古い扉があった。

導かれるようにして、重厚感のある扉の前へと向かう。

ノックをすると扉の向こうから「……どうぞ」と、声が聞こえた。

マデリーンが扉に手を掛けるとギィ、と金属が擦れる音が鳴る。

中には黒いローブを被って、顔が見えない女性がダークブラウンの机に座っている。

机の上には本が倒れそうなくらい積み上がっていた。

周りも本棚ばかりで、天井からはカラフルなランプのようなものがぶら下がっている。

魔力に満ちている部屋の中はどこか落ち着く雰囲気だ。

「いらっしゃい、マデリーン」

「……あなたは!」

マデリーンは会ったことのない女性だったが、誰なのかが自然と理解することができた。

「あなたは〝魔女〟なのね?」

黒いローブから見える赤い唇は弧を描く。

肯定も否定もしない魔女は、マデリーンを艶々に光るダークブラウンの椅子に座るように促した。

テーブルの上には見たことがない絵本と見覚えのある古い日記帳が並んで置いてある。

「これは……っ！」

これは間違いなくマデリーンを助けてくれた古い日記帳だ。

日記帳を見たことで、マデリーンは彼女こそ噂になっていた魔女だと確信した。

魔女に向かって静かに頭を下げる。

間接的にマデリーンを救ってくれた感謝を伝えるためだ。

「あなたのおかげでわたくしは運命を変えることができましたわ。本当にありがとうございます」

マデリーンがそう言うと、いつの間にか移動していた魔女はマデリーンのアイスブルーの髪を撫でる。

「あなたの母親の若い頃にそっくりだわ」

そう言われてどう答えを返せばいいか戸惑っていると、魔女はテーブルに置いてある日記帳に視線を向ける。

そして魔女はその日記帳の上に手を翳す。一、二度手のひらを振ると、古い日記帳が消えてしまう。

日記があった場所には濃い青い砂が積み上がっていた。

「これはもう必要ないわねぇ？」

濃い青い砂はふわりと浮いて魔女の手のひらの上をくるくると舞っている。

そして何故かテーブルの下からはドウェインと婚約してから書き始めた新しい日記帳があった。

（どうしてわたくしの部屋にあるはずの日記帳が……!?）

何の魔法を使っているかもわからない。

マデリーンは信じられない光景に驚いていた。

するとマデリーンの新しい日記帳も魔女が手をかざすと砂になってしまう。

マデリーンの髪色と同じでアイスブルーの砂だ。キラキラと銀色の光が混じり合っている。

いつの間にかテーブルに置いてある白い布の上に、古い日記帳から新しい日記帳からできた砂が合わさっていく。

マデリーンが空中で舞っている砂を目で追っていると、魔女は白い布をまとめて砂を混ぜ合わせているような動作をしていた。

そして、白い布が蓋のように砂に被さって布が膨らんでいくと、そこから真新しい本が現れたのだ。

白と青がグラデーションになっている表紙には光沢があり美しい。

「これは……！」

「これはあなたの物語。生まれてくる子どもに渡してあげなさい」

「……っ！」

マデリーンは未来を見通したような魔女の発言を聞いて心臓がドクリと音を立てた。

「その子に……とても強い力を感じるわ」

「……その子？」

「必ず役に立つ。あなたがそうだったように……」

魔女の意味深な発言を聞いてマデリーンはあることが頭に浮かぶ。

この日記帳のこともそうだが、ローズマリーが持っていたという本のこともだ。

そもそも、どうして気まぐれに力を与えるのか……聞きたいことがたくさんあった。

マデリーンが魔女に問いかけようと口を開いた時だった。

「……………またどこかで会いましょう」

そんな声が耳に届いた瞬間、マデリーンの視界は再び暗闇に包まれる。


いつの間にかマデリーンは元いた裏路地に立っていた。

辺りを見回しても、もうあの部屋の中にもおらず魔女もいない。

(あれがわたくしの運命を変えてくれた魔女なのね……)

マデリーンは今まで感じたことがない不思議な気持ちになる。

そして卒業パーティー前に母と話したことを思い出す。

母が魔女と対峙して本をもらった時のことを……

ふと自分が二冊の本を持っていることに気付く。

一冊は魔女が砂にしてしまった新しい日記帳と同じもの。

もう一冊は魔女が作り出した白と青の表紙がグラデーションになっている絵本だ。

マデリーンは魔女が作り出した絵本をめくると、そこにはいかにも強欲な男と花のモンスターの姿がある。

――牢の中に閉じ込められて涙する少女。

なんとか牢から逃げ出した少女は追い詰められて崖から飛び降りる。

そこは広い海だった。

少女は荒波に流されてしまうが、海の仲間に助けられて一人の少年、王子に救われるのだ。

王子と海の仲間たちは強欲な男と花のモンスターを倒して少女と結ばれる。

そこでハッピーエンド。

少女が着ているのは先ほどマデリーンが選んだイエローのドレス。

頭に飾られている向日葵の花や見たことのある鳥や蝶。

これは記憶喪失のふりをしていた時に、ドウェインにもらった飴細工だ。

可愛らしい絵柄で描かれているが、強欲な男はパトリックで花のモンスターがローズマリーに違いない。

海の仲間はマデリーンの家族だろうか。

王子は髪色や瞳の色からしてドウェインだ。そして主人公の少女はマデリーンである。

卒業パーティーの前に起こった一週間の出来事がこの一冊に凝縮されているようだと思った。

(信じられない……こうやって魔女は絵本を作るのね)

本にはまだ不思議な魔力が残っている。

マデリーンが絵本を見つめながら呆然としていた時だった。

「――マデリーン様っ⁉」

ドウェインが焦ったように声を上げる。

「ドウェイン殿下？」

「裏路地に入った途端、急にいなくなったので驚きました」

「……え？」

マデリーンはドウェインの言葉に驚いていた。

ドウェインからは、マデリーンが急に消えたように見えたようだ。

突然行方をくらませたマデリーンを今まで探し回っていたらしい。

「マデリーン様、その本は？」

「これは……」

ドウェインの視線はマデリーンが持っている不思議な本と新しい日記帳に向けられている。

(お母様も魔女と会ったことをお父様には言っていないようだったわ)

魔女に会ったことをドウェインに伝えようか、一瞬迷う。

しかし卒業パーティー前に古い日記帳に救われたことも、母の絵本のことも彼には話していない。

なんとなく言ってはいけないような気がしてマデリーンは誤魔化すように口を開く。

「買い忘れがあると気付いて、急いで買ってきましたの」

「一言言ってくだされば僕もついて行ったのに」

「大した用事ではありませんでしたから」

「ですがマデリーン様に何かあったら大変ですから。それこそウォルリナ公爵に顔向けできません」

マデリーンはドウェインとそんな話をしながら馬車へと戻る。

ウォルリナ公爵邸に着く頃には完全に日が落ちてしまった。門にぼんやりと浮かぶ灯りが辺りを照らしている。

「また買い物に行きましょう。今度は変装してひっそりと街を回るのはどうでしょうか」

「えぇ、是非。楽しみですわ」

「マデリーン様、また」

「ドウェイン殿下、お気をつけて」

ドウェインはマデリーンの手の甲にキスをする。

名残惜しそうな視線を感じながら彼と別れた。

マデリーンもドウェインが乗っている馬車をずっと見つめていた。


屋敷に戻ったマデリーンは母が帰っているかを執事に問いかける。

今日は屋敷に母がいると聞いて、マデリーンは急いで母の部屋へと向かう。

「お母様、聞いてくださいませ！」

「マデリーン、そんなに慌ててどうしたの？」

母は目を丸くしてマデリーンを見ている。

人払いをしてもらうように頼んでから、絵本と新しい日記帳を見せる。

絵本に纏う魔力に気がついたのだろう。母は懐かしそうに絵本の表紙を撫でながら言った。

「マデリーンも魔女に会ったのね」

「はい。そしてこの本をもらいました。生まれてくる子どもに渡しなさい、その子の助けになるからと」

「まぁ……わたくしと同じように言われたのね！」

どうやら母もマデリーンと同じように言われたそうだ。

「お母様の若い時によく似ていると言われました」

「ふふっ、そうね。マデリーンはわたくしにそっくりだわ」

マデリーンは優しい表情で絵本をめくる母を見ていた。

そしてドウェインには話せなかったことを相談する。

母はにっこりと笑いながら「いいんじゃないかしら」と答えた。

「ですが、いいのでしょうか？」

「わたくしも旦那様には言っていないわ。それに魔女もそれは望んでないような気がするのよ」

実はマデリーンも母と同じように思っていた。

彼女は何も言ってはいないが、これを人にペラペラと話すのは違うような気がしていた。

だからこそ魔女は噂にとどまり、会ったことがあると進んで言う者はいないのだろう。

「わたくしもそう思います」

「ふふっ、そうでしょう？　それよりも今日の買い物はどうだったの？」

「とても楽しかったです。今度は変装をしていくことになりましたわ」

「あら、素敵ね。わたくしも旦那様とお忍びで色々なところに行ったわ。髪色を変えられる粉が残っていたから、使ってみたらどう？」

母の提案に頷いた。両親はマデリーンが結婚するまで、どちらかがなるべく邸にいるように予定を調整してくれている。父がせめて家族の誰かがマデリーンと過ごす時間ができるように国王に掛け合ったらしい。これからは交代制で、水魔法を使う貴族たちと協力していくことにしたそうだ。

緊急なもの以外、邸にはどちらかが残る。

マデリーンが責任を感じていると、父は「最近、歳なのか体が辛くなってきてな……」と、言ってくれた。マデリーンが王太子妃となれば、こうしてそばにいることはできないのだ。不器用な父の優しさに感謝し、素直に甘えることにした。

こうして共に過ごす時間が増えることで、マデリーンが幼い頃に感じていた寂しい気持ちは埋まりつつある。


婚約披露パーティーまであと一週間と迫った夜のこと。

寝る前に温かい紅茶を持ってきてくれた侍女たちは、深々と頭を下げてマデリーンの自室を後にする。

クローゼットの前には、ドウェインと共に選んだドレスがかけてある。

華やかなイエローのドレスはマデリーンにとっては幸せの象徴だった。

（一週間前、ね……嫌でも卒業パーティーのことを思い出してしまうわね）

マデリーンは窓を開けて、月明かりに照らされた海を眺めていた。

あの日と同じ、不気味なほどに静かでザーザーと規則的に波の音が聞こえてくる。

マデリーンは椅子に腰掛けてから魔女にもらった日記帳を手に取った。

消えたはずの新しい日記帳には、以前と同じ内容が書かれている。

マデリーンは今日の出来事を日記帳にしたためていく。

（この日記も魔女に覗かれているのかしら……そう思うと複雑だけど）

けれどパトリックと婚約していた時に書いていた日記の内容を知られていると思うと、もう今更隠す必要もないだろう。

最近は幸せな内容ばかりだ。

サイドテーブルには、ドウェインから贈られてきた向日葵の花が飾られている。

（どうしてドウェイン殿下はわざわざ向日葵をくださるのかしら……？）

王国では女性や婚約者に贈る花は薔薇が多い。

マデリーンが好きだから、というのは一理ある。

しかしそれだけではないような気がした。

花以外のプレゼントは色んな種類のものをもらっており、同じということがほとんどないことに加えて、今は向日葵が咲く季節ではないのにわざわざ贈ってくれているということも、疑問を抱いた理由として大きいだろう。

花屋にも売っていないから、もしかしたら王城にあるドウェイン専用の温室で育てているのかもしれない。

ドウェインが薬を作る際には、毒を持つ植物から抽出したものを使うこともあるそうだ。そのため彼は草花にとても詳しい。

ふと、マデリーンが向日葵の花言葉が気になり本棚へと向かう。

何か意味があるのではないか、そう思ったからだ。

小さい頃に大好きな向日葵の花言葉が知りたくて、兄のラフルと本を買いに行ったのはいい思い出だ。

本棚の奥、少し埃を被った小さな本を手に取った。栞が挟まっており、そのページを開く。

そこには向日葵の花言葉が書かれていた。

『憧れ』『情熱』『私はあなただけを見つめる』

その花言葉を読んだ瞬間、マデリーンは勢いよく本を閉じた。

どんどんと頬が赤く染まっていく。

ドウェインが会うたびに向日葵を持ってくる理由がわかってしまった。

これは、ドウェインのマデリーンへの気持ち、そのものだ。

実際、ドウェインはこの花言葉の通りに動いているではないか。

(ドウェイン殿下はこの花言葉を知ってわたくしに……?)

マデリーンは本を本棚に片付けてからベッドへと戻る。

枕に頭をつけるが、胸はドキドキとして落ち着かない。無理やり瞼を閉じるものの、頭の中はドウェインのことでいっぱいだった。


次の日、マデリーンは寝不足の頭を押さえていた。

カーテンを開けると眩しいくらいの太陽の光が部屋に入ってくる。

一晩経ってどうにか落ち着いた結果、マデリーンは幼い頃から一途にマデリーンを想い続けてくれたドウェインに気持ちを返せないかと考えた。

(わたくしが何をしたらドウェインは喜んでくださるかしら……)

そう考えても答えは決まっている。なんでも喜ぶ、だ。

ドウェインは今、長年募っていたマデリーンへの愛が止まらない状態だ。

(……自分で言うのもなんだけど、愛されすぎている気がするわ)

マデリーンは朝から頭を抱えていた。また何かヒントがないかと本棚へと向かう。

そして昨日、向日葵の花言葉を知ることになった本が目についた。

花言葉が書かれている本を読み込んでいると、あるページで手が止まる。

〝ハーデンベルギア〟という花だ。胡蝶蘭を小さくしたような可愛らしい姿。

色は紫色で、小さな花が連なっている。ドウェインを連想する色だ。

そして花言葉にマデリーンは強く心が惹かれた。

『運命的な出会い』『奇跡的な再会』『思いやり』といったものだ。

マデリーンとドウェインが小さな頃、運命的な出会いをしたこと。

様々な思惑が交錯したことで、パトリックと婚約してしまったが、再びドウェインの気持ちを知ったことで運命が変わった。

今考えるとマデリーンはドウェインの思いやりに救われていたのだ。

(この花をドウェイン殿下に贈れたら……)

今の時期ならば、花屋に置いてあるかもしれないと思い、マデリーンは街に行くことを決めた。

今日はマデリーンの妃教育は休み、兄のラフルもたまたま非番ということで、一緒に来てくれることになった。

令嬢たちの中で流行りのカフェに向かうと、水の騎士と呼ばれる兄の人気っぷりを目の当たりにする。

ドウェインの場合は婚約者のマデリーンが隣にいたこともあり、彼を慕う令嬢も静かに見守っているという感じだった。

しかしラフルの場合は黄色い声が耳に届く。

ウォルリナ公爵家を継ぐラフルの婚約者、リリアン・ベナはとにかく照れ屋だ。

光魔法という扱える家の少ない魔法を使い、〝光の乙女〟という称号を持っている。

ベナ伯爵家は光魔法の使い手を多く輩出していた。

辺りを明るく照らすこの魔法は、お祝いの日に夜空に色とりどりな光を浮かべるなど、華やかなものが多い。

その中でもリリアンは、光魔法の適性が特に高い者しか使えない癒しの魔法を、今のこの国で唯一使える人物だ。

ベナ伯爵が是非ともと、父に掛け合って婚約したのはいいが、リリアンは極度の人見知り。

よく言えば小動物のように可愛らしく、パッチリとした目で見つめられると頭を撫でたくなってしまうご令嬢なのだが、悪く言えば社交界での存在感が薄い。

重要なパーティーには出席するものの、表舞台に滅多に現れないことも相まって、しばしばラフルに婚約者がいることを忘れられてしまい、こうなってしまっている。

だが二人は順調に愛を育んでおり、ラフルもリリアンしか見ていない。

リリアンは現在、一生懸命、人見知りを直そうとしており、今度マデリーンともお茶をする約束をしている。

「今度、リリアンともここに来たいな」

「個室もありますし、丁度いいのではないでしょうか」

「ああ、彼女も喜ぶよ」

その後、街で一番大きな花屋に向かった。

鉢に植えられているハーデンベルギアがあり、マデリーンは迷わずそれを購入。

ラフルはリリアンに渡したいと薔薇を買っていた。

やはり婚約者にプレゼントするのに定番なのは薔薇なのだろう。

花屋を見ても向日葵はどこにもない。

ドウェインは温室かどこかで栽培しているものをわざわざプレゼントしてくれていたことになる。

(明日、渡せたらいいけど……)

婚約者になったドウェインに、こうしてプレゼントを渡すのは、なんだかドキドキしてしまう。

(ドウェイン殿下も、毎回こんな気持ちだったのかしら)


次の日、マデリーンはパーティー会場や招待客の確認など、慌ただしく城で過ごした。

少しでもドウェインの負担を減らせたらと、できることはすべてやるつもりだ。

その後、妃教育を終えて学園から帰ってきたドウェインにハーデンベルギアを渡すためにサロンで待たせてもらっていた。

豪華な装飾品とふかふかのソファに腰掛けながら息を吐き出す。

マデリーンはテーブルの上に置いたハーデンベルギアを眺めていた。

しかし朝早くから動いていたせいか、マデリーンを眠気が襲う。

サロンにはマデリーン以外はいないという状況もあり、そのまま瞼を閉じる。

ほんのわずかな時間、マデリーンは眠ってしまったようだ。

しかし、すぐに目を覚ます。

（わたくしったら、いけないわ……）

マデリーンは頭を押さえながら顔を上げる。

すると、眼前には幸せそうに微笑むドウェインの顔があった。思わず驚いてしまうマデリーン。

紫色の瞳を見つめながら、状況が掴めずに動けずにいる彼女の髪をそっと撫でるドウェインの手。

何度か瞬きを繰り返した後にマデリーンはわずかに唇を開く。

「……ドウェイン、殿下？」

「マデリーン様、お待たせして申し訳ありません」

「わたくし……っ！」

自分が寝ていたせいでドウェインを待たせてしまった……反射的に謝罪をしようとした時だった。

目の前で艶やかな黒髪がサラリと流れていく。シトラスの爽やかな香りが鼻を掠める。

マデリーンが声を発する前に頬に柔らかい唇の感触がした。

「すみません。マデリーン様が可愛くて我慢できませんでした」

「……ッ!?」

その言葉で、マデリーンはドウェインが頬にキスをしたのだと気付いた。口をパクパクと動かしてはいるものの声が出ない。

ドウェインの大胆な行動に振り回される。

「びっ、びっくりしましたわ」

「無防備な姿を見ていたらつい……」

「つい、ではありません！」

マデリーンの言葉にキョトンとしているドウェインは、驚くべきことを口にする。

「でしたら、次はマデリーン様の許可を取ってからしますね」

「…………っ！」

有無を言わせない笑顔に、マデリーンの口端は引き攣ってしまう。

そんな時、テーブルの上にあるハーデンベルギアが目に入る。

ドウェインもマデリーンの視線の先にあるハーデンベルギアに気がついたようだ。

「……これはハーデンベルギアですか？」

「はい。昨日、お兄様と街に行った時に見つけたのです。ドウェイン殿下に似合うと思いまして……」

さすがに花言葉のことをドウェインに直接伝えることはできそうになかった。

それに本当は向日葵の花言葉や、いつも同じ花をプレゼントしてくれるのには意味があるのか問いかけたかったが口をつぐむ。

もし勘違いしていたらと思うと、一歩踏み出すことができない。

「もしかして、マデリーン様が僕のために？」

ドウェインはハーデンベルギアの鉢を手に取った。

小さな紫色の花がふんわりと揺れる。

マデリーンは首を縦に振り頷く。ドウェインの反応をドキドキする心臓を押さえながら伺っていた。

「とても嬉しいです……！」

ドウェインが喜んでいるとわかり、マデリーンはホッと息を吐き出す。

「いつもドウェイン殿下からいただいてばかりで、わたくしは何も返せませんから」

「マデリーン様がそばにいてくださるだけで十分です」

そう言うとマデリーンの髪を整えるように撫でる。耳にかけられる髪がなんだかくすぐったい。

こうしてドウェインはマデリーンのすべてを受け入れてくれる。どこかむず痒いが安心していた。

パトリックと共にいた時には得られなかった気持ちになる。

彼と一緒にいる心地いい時間はマデリーンにとって癒しになっていた。

暫くすると侍女が紅茶を用意してくれる。甘いクッキーを食べながら二人で穏やかな時間を過ごす。

別れ際、馬車に乗ったマデリーンはあることを伝えるために口を開く。

「ドウェイン殿下、いつも向日葵の花をありがとうございます」

「……まさか！」

遠回しに言ってみたのだが、どうやらやはり花言葉のことを考えてマデリーンにプレゼントをしてくれていたらしい。

みるみるうちにドウェインの頬が赤く染まっていく。

「いつものおかえしですわ」

二つの意味を込めてマデリーンがそう言うと、タイミングよく馬車が走り出す。

ドウェインは珍しく慌てていて何か言いたげに見えた。

マデリーンが手を振り、ドウェインが見えなくなり席に戻る。

真っ赤になった頬を押さえ俯きながら考えていた。

(ドウェイン殿下、花言葉に気付いてくださるかしら)

マデリーンは自らを落ち着かせるように息を吐き出す。

氷を手のひらに出して熱くなった頬を冷やしながらウォルリナ公爵邸に帰ったのだった。


そしてあっという間に婚約披露パーティーの日を迎える。

ここ数日間、ドウェインとはすれ違いで顔を合わせることができなかった。

彼は学園を休んで、来客の対応やパーティーの準備に追われている。

けれどドウェインから風魔法で何通か手紙が届いたため寂しさは感じなかった。

ドウェインはマデリーンがプレゼントしたハーデンベルギアを大切に育てているそうだ。

それを見たマデリーンはドウェインに気持ちが届いたのだと思った。

そしてこんなにも嬉しいプレゼントは初めてだと書かれている。

マデリーンはすぐにドウェインに返事を書いた。

顔を合わせていないせいか、いつもより素直な言葉を認めることができる。

マデリーンは朝早くから城に向かい、一室を借りて髪を整えたり化粧を施したりしていた。

ドウェインが選んでくれた向日葵のようなイエローのドレスを着るのを今日まで楽しみにしていた。

そしてテーブルの上には魔女からもらった絵本が置いてある。公爵邸からわざわざ持ち込んだのだ。

「マデリーン様、そちらの絵本は？」

「なんとなく持っていきたくて……」

「美しい本ですね」

「……えぇ、わたくしの宝物なの」

不思議なことに魔女からもらった絵本を、今日持って行った方がいいのではないかと思ったのだ。

青と白のグラデーションになっている美しい表紙を撫でる。

こうして幸せな気持ちで婚約披露パーティーを迎えられたことを心から嬉しく思った。

準備を終えてドウェインを待っていると、扉をノックする音が響く。

「マデリーン様、準備が終わったと聞きまし……」

「……ドウェイン殿下！」

久しぶりにドウェインに会えた喜びから、マデリーンは立ち上がる。

やはり直接ドウェインに会えるのはとても嬉しい。ヒラリと花びらのようにドレスが揺れた。

ドウェインは大きく目を見開きながらマデリーンを見ている。

マデリーンは動かなくなってしまったドウェインに首を傾げていた。

大丈夫なのかという意味を込めて彼の頬を撫でると、ドウェインはハッとした後に段々と頬が赤くなっていく。

「申し訳ありません……マデリーン様があまりにも美しすぎて言葉が出ませんでした」

「……っ!?」

ドウェインはマデリーンの手に自分の手のひらを重ねながらそう答えた。

ドウェインも髪を上げているからか、いつもと雰囲気は違う。

黒いジュストコールは彼を大人びて見せていた。

「ドウェイン殿下も素敵ですわ」

背の高い彼を見上げながらそう答えた。同時に思い出すのは幼い頃に泣いていた彼の姿だ。

「幼い頃にあんなに泣いていたドウェイン殿下が嘘みたいですわね」

「僕はマデリーン様のおかげで強くなりましたから」

「わたくしもです。ドウェイン殿下を支えるために強くなろうと決めたのです」

勘違いによって道は外れてしまったが、こうして約束を果たすことができてよかったと思った。

「僕もあの時、マデリーン様に出会わなければ……今でも部屋に閉じこもったままでしたよ」

「そんなことないわ。ドウェイン殿下は努力家で……」

マデリーンの言葉にドウェインは首を横に振る。

「あなたがいてくれたから僕は強くなれたんです」

「ドウェイン殿下……」

ドウェインはマデリーンの手の甲にそっと口付ける。紫色の瞳はマデリーンを愛おしそうに見つめていた。

侍女たちは空気を読んで、そっと部屋から出て行ってしまう。

ドウェインはマデリーンの腰を抱くと、愛おしそうに額にキスをする。

「つ、次は確認すると言ったではありませんか……！」

マデリーンはドウェインの勢いに押されるまま、一歩また一歩と後退していく。

そのとき、テーブルに置いてあった絵本に手が触れた。

咄嗟に本を取ろうとするとポロリと絨毯の上に落ちてしまった。

ドウェインがそのことに気がついて、マデリーンから離れて本を拾う。

「この絵本は……？　一緒に街に出かけた時に買い忘れたと言っていたものですか？」

「えぇ、そうですわ」

ドウェインの興味が絵本に移ったことで密着していた体が離れる。

マデリーンはドキドキする胸を押さえながら、ホッと息を吐き出した。

(これも魔女が助けてくれたのかしら……そんなわけないわよね)

ドウェインは絵本をマデリーンに渡す。マデリーンはお礼を言ってから絵本を受け取った。

胸に抱くようにして絵本を抱えていると、ドウェインは物珍しそうにしている。

「マデリーン様が絵本を選ぶなんて意外ですね」

「子どもにあげようと思ってるんです」

「……子ども？」

マデリーンは魔女に言われた通りに子どもにこの絵本をプレゼントするつもりでいた。母がそうしてくれたように。

「はい、わたくしたちの子どもに……」

そう言いかけたマデリーンはピタリと動きを止める。

随分と大胆なことを言っているのではないかと、気がついてしまったからだ。

「マ、マデリーン様、それって……」

ドウェインの顔が今までにないくらいに真っ赤になってしまっている。

それにつられるようにして、マデリーンも赤くなってしまう。

マデリーンは焦りから誤魔化そうと必死に腕を振る。

「で、ですからそういう意味ではなくっ……いや、違くはないんですけれどもっ！」

「僕は……嬉しいですが」

「────ッ！」

唇をパクパクと閉じたり開いたりを繰り返していた。

何も言えなくなってしまい、マデリーンは顔を隠すように両手で覆う。

（わ、わたくしったらなんてことを！　はしたないと思われてしまったかしら……！）

どんな顔をしてドウェインを見ればいいのかわからなくなってしまったタイミングで、扉の外から執事が会場に向かうようにと声をかけられる。

マデリーンは指の隙間からチラリとドウェインを見た。

「マデリーン様、可愛すぎます」

「……っ!?」

うっとりした表情でこちらを見るドウェインにマデリーンはたじたじである。

(しっかりしなさいマデリーン、わたくしの方がドウェイン殿下より年上なのよ!)

マデリーンは気持ちを切り替えてから顔を覆っていた手のひらを外す。

自らを落ち着かせようと深呼吸をしてからドウェインに向き直る。

「ドウェイン殿下、参りましょう……!」

そう言って、マデリーンが顔を上げた時だった。

腰に腕を回したドウェインとの距離がグッと近づく。唇に柔らかい感触がして、マデリーンは目を見開いた。

「んっ……!?」

ドウェインからキスされたと気付いて彼の服を握る。

唇からそっと離れた後に、放心状態のマデリーンをドウェインはそっと抱きしめた。

「あなたを心から愛しています。マデリーン様」

「〜〜っ!」

耳元で囁くような声に甘く体が痺れていく。先ほどまで触れていた唇がまだ熱を持っている。

そのことを知ってか知らずか、ドウェインの大きな手のひらがマデリーンの頭を撫でた。

ふらりと体の力が抜けていくマデリーンを支えるドウェインは、まるで子どもがいたずらに成功したときのように笑っているではないか。

やられっぱなしで悔しくなったマデリーンは手を上げる。

そして……

「むっ…………!?」

「ドウェイン殿下、しばらくお仕置きですわ！」

唇を氷魔法で塞いだのだった。

しかしドウェインはそれすらも嬉しそうだ。笑みを浮かべながら、くぐもった声でマデリーンに何か話しかけている。

自身の魔法を使えば、すぐに溶けるはずなのにそのままでいるドウェインにマデリーンは焦って氷を溶かす。そして近くにあった布を使い、ドウェインの唇についた水分を拭っていく。

「どうしてそのままでいるのですかっ！」

「マデリーン様に何をされても愛おしくて……」

どうやらマデリーンが何をしてもドウェインにとっては可愛く思えるだけらしい。

「……ドウェイン殿下の頭の中はどうなっていますの？」

「怒っていても笑っていても拗ねていても、マデリーン様はすべて可愛いんです」

ドウェインからの溺愛が止まらない。

ついに執事からの大きな咳払いが聞こえて、マデリーンは扉に視線を送る。

「マデリーン様、行きましょうか」

エスコートするために差し出されるドウェインの手を取ろうとするが、彼の表情を見て手を止める。

デレデレしている彼を見て、マデリーンは唇を尖らせた。

「ドウェイン殿下、会場では気持ちを切り替えてくださいね！」

「それは………自信がありません」

「もう！　ドウェイン殿下ったら……」

二人で吹き出すようにして笑ってしまう。

長い長い廊下を歩き、ふと視線を感じて彼の方を向くと愛おしそうに見つめる紫色の瞳。

「ドウェイン殿下、そんなに見つめられたら恥ずかしいです」

「ずっとあなたを見ていたいんですよ」

マデリーンへの大きすぎるドウェインの気持ち。

けれどマデリーンだって幼い頃からずっとドウェインのことを想い続けていた。

マデリーンは立ち止まって、ドウェインの腕をそっと掴む。背伸びをしてからドウェインの頬にキスをする。

「わたくしだって、負けませんから……！」

ドウェインは感極まったのかマデリーンを抱え上げて、そのまま歩いていく。

「マデリーン様、愛してます」

「知っています……！」

「これからもずっとずっと、あなたを愛し続けますから」

もう一度、二人はキスをしてから会場に向かったのだった。

新 ＊ 感 ＊ 覚　ファンタジー！

レジーナブックス
Regina

レジーナブックス Regina

愛され幼女と
ほのぼのサスペンス!

七人の兄たちは末っ子妹を愛してやまない1～4

猪本夜《いのもとよる》
イラスト：すがはら竜

結婚式の日に謎の女性によって殺されてしまった主人公・ミリィは、目が覚めると異世界の公爵家の末っ子長女に転生していた！　愛され美幼女となったミリィは兄たちからの溺愛を一身に受け、すくすく育っていく。やがて前世にまつわる悪夢を見るようになったミリィは自分を殺した謎の女性との因縁に気が付いて……

詳しくは公式サイトにてご確認ください。

https://regina.alphapolis.co.jp/

この作品に対する皆様のご意見・ご感想をお待ちしております。

おハガキ・お手紙は以下の宛先にお送りください。

【宛先】

〒150-6019 東京都渋谷区恵比寿 4-20-3 恵比寿ガーデンプレイスタワー 19F
（株）アルファポリス　書籍感想係

メールフォームでのご意見・ご感想は右のＱＲコードから、
あるいは以下のワードで検索をかけてください。

アルファポリス　書籍の感想　検索

ご感想はこちらから

本書は、「アルファポリス」（https://www.alphapolis.co.jp/）に掲載されていたものを、
改稿、加筆、改題のうえ、書籍化したものです。

婚約《こんやく》破棄《はき》されるまで一週間《いっしゅうかん》、未来《みらい》を変《か》える為《ため》に
海《うみ》に飛《と》び込《こ》んでみようと思《おも》います

やきいもほくほく

2024年 12月 5日初版発行

編集－本丸菜々
編集長－倉持真理
発行者－梶本雄介
発行所－株式会社アルファポリス
〒150-6019 東京都渋谷区恵比寿4-20-3 恵比寿ガーデンプレイスタワー19F
TEL 03-6277-1601（営業） 03-6277-1602（編集）
URL https://www.alphapolis.co.jp/
発売元－株式会社星雲社（共同出版社・流通責任出版社）
〒112-0005 東京都文京区水道1-3-30
TEL 03-3868-3275
装丁・本文イラスト－にゃまそ
装丁デザイン－AFTERGLOW
（レーベルフォーマットデザイン－ansyyqdesign）
印刷－中央精版印刷株式会社

価格はカバーに表示されてあります。

落丁乱丁の場合はアルファポリスまでご連絡ください。

送料は小社負担でお取り替えします。


ISBN978-4-434-34706-1 C0093